Vogelfrei Taschenbuch

verlag vogelfrei

Schauplätze des Geschehens:

In Frankfurt-Fechenheim macht Jeannette ihrem verdutzten Freund Karlo eine heftige Eifersuchtsszene. Karlos Date mit der hübschen Polizistin Conny in einer Kneipe am Offenbacher Markt befeuert Jeannettes vage Vermutungen zusätzlich. Karlo bekommt Ärger in einer zwielichtigen Kneipe im Frankfurter Bahnhofsviertel, und eine Kühltruhe mit makabrem Inhalt reist von Offenbach in die Rhön.

Ex-Hauptkommissar Gehring verschwindet im Bermudadreieck zwischen Kaiser-, Mosel- und Münchener Straße, und höchst makabre Wetten eines Wettbüros in der Frankfurter Kaiserstraße setzen dem Ganzen die Krone auf.

Bisher sind zwölf Bände der Karlo-Kölner-Reihe im Verlag Vogelfrei erschienen:

Karlo und der letzte Schnitt
Karlo und der zweite Koffer
Karlo und der grüne Drache
Karlo und das große Geld
Karlo geht von Bord
Geschenke für den Kommissar
Liebe, Tod und Apfelsekt
Miezen, Mord und Malerei
Lottoglück für eine Leiche
Kalte Liebe, heißer Tod
Killerküsse und Karossen
Der Tod nimmt keine Wetten an

Alle Bände sind auch als E-Book erhältlich

Der Autor

Peter Ripper, Jahrgang 1954, selbstständiger Werbefachmann, Gitarrist bei einer Frankfurter Rockband und begeisterter Motorradfahrer, widmet sich seit einigen Jahren vorwiegend der Schriftstellerei und der Fotografie.

Er lebt in Langenbieber in der Rhön.

36145 Hofbieber
Internet: www.vogelfrei-verlag.de

Umschlaggemälde: Sergej Kasakow · www.kasakow-kunstmalerei.de
Lektorat: Stefanie Reimann, Frankfurt am Main
Druck: Conte-Verlag, Saarbrücken
Umschlaggestaltung: Peter Ripper
Satz: Verlag VogelfreiPlus, Hofbieber, 0177-309 85 36
ISBN: 978-3-9820486-1-1
1. Auflage

Peter Ripper

Der Tod nimmt keine Wetten an

Kriminalroman

Viel Spass...

Peter Ripper

verlag vogelfrei

Vorwort

Eine Wette entsteht zumeist aus dem Bedürfnis der Menschen, recht zu haben. Allerdings schließt man Wetten auch ab, um auf unkomplizierte Weise zu Geld zu kommen.

Im Idealfall zu viel Geld.

Beim Wetten ist es bedauerlicherweise wie bei allen anderen materiellen Bestrebungen: Soll etwas Nennenswertes dabei herauskommen, müssen entweder der Einsatz oder das Glück entsprechend hoch sein. Das bedeutet das Riskieren von Geldmitteln oder eben der Einsatz an Arbeit, Zeit oder zündenden Ideen.

Die zündende Idee hat jedoch meist derjenige, der die Wetten anbietet, nicht der, der hofft, damit reich werden zu können. Es ist nun einmal so: Beim Spielen müssen viele verlieren, damit wenige gewinnen können.

Dieses Prinzip gilt für alle Wettmöglichkeiten. Ob es das biedere Lottospiel ist, bei dem Millionen Menschen jede Woche ihr Geld verlieren, nur weil ab und zu eine Handvoll Leute einen größeren Betrag gewinnt, oder ob es sich um risikoreiche Spezialwetten handelt, die unbedachte Spieler durchaus in den Ruin treiben können.

Der französische Staatsmann Georges Pompidou sagte einmal: „Ein Ruin kann drei Ursachen haben: Frauen, Wetten oder die Befragung von Fachleuten."

Eine gewonnene Wette ist also nichts anderes als der Sieg des Zufalls über die Wahrscheinlichkeit, oder anders ausgedrückt: Ein Angler wartet Stunden, ein Spieler sein Leben lang.

Wobei der Protagonist unserer Geschichte, Karlo Kölner, nicht die geruhsame Beschäftigung des Angelns gewählt hat, sondern dieses Mal eher im Trüben fischt. Und dies auch noch in stürmischen Gewässern.

Dass er dabei unversehens selbst zum zappelnden Fisch in einem überaus schmutzigen Teich wird, ist das Prinzip seines aufregenden Lebens. Die spannende Frage dabei ist: Kommt er wieder unbeschadet ins Trockene?

Möchten Sie darauf wetten?

Einige Tage zuvor
Frankfurt am Main

Prolog

Als er gegen zwei Uhr in der Nacht zu seinem Wagen wankte, war klar, dass er eigentlich nicht mehr fahren durfte. Zwar vertrug der große schmale Mann eine ganze Menge, das änderte jedoch nichts am erhöhten Promillestand.

Es war ihm durchaus klar, dass er auf seinem Heimweg nicht in eine Verkehrskontrolle geraten sollte, und so fuhr die Sorge mit, die Polizei könne heute Nacht auf seiner Strecke aktiv sein. Nachdem er die Innenstadt hinter sich gelassen hatte, wurde er ruhiger.

Bald hatte er es nach Hause geschafft.

Als er in das kleine Waldstück einbog, wurde es dunkler. Erst hier bemerkte er, dass sein rechter Scheinwerfer ausgefallen war. Nur mit Mühe durchdrangen seine Blicke die Dunkelheit. Der schwarze Schlapphut behinderte zudem seine Sicht. Er nahm die rechte Hand vom Lenkrad, um sich den Hut vom Kopf zu ziehen.

Der Mann sah kurz zur Seite und legte die Kopfbedeckung neben sich auf den Beifahrersitz. Eine kleine Unaufmerksamkeit, nicht mehr. Als er den Blick zurück auf die Straße lenkte, erschien wie hingezaubert ein Schatten vor der Motorhaube.

Er hatte keine Chance.

Das dumpfe Geräusch des Aufpralls ging ihm durch Mark

und Bein. Der Zusammenstoß rüttelte das Fahrzeug kräftig durch. Irgendetwas geriet unter die Räder, zwei heftige Stöße versetzten den Wagen ins Taumeln.

Erschrocken trat der Mann auf die Bremse, und der Wagen begann stärker zu schlingern. Mit viel Glück bekam er das Fahrzeug am Straßenrand zum Stehen.

Einen Augenblick lang blieb er geschockt hinter dem Steuer sitzen.

Was war das gewesen?

Ein Tier? Gab es hier, so nah bei der Stadt, Tiere? Ein Reh, ein Hirsch, ein Wildschwein?

Oder ... er verbot sich, weiterzudenken.

Er stieg aus dem Wagen. Schloss die Fahrertür. Drei, vier Schritte ging er zurück, bis er das Heck seines Fahrzeugs erreicht hatte.

Zwanzig Meter hinter dem Wagen sah er ein Bündel liegen. Die Trunkenheit wich der nackten Angst. Er rieb seine Augen und starrte angestrengt in die Dunkelheit. Aus dem Bündel ragten zwei längliche Gegenstände. Zwei blaue Stoffröhren.

Jeans? Beine? Schuhe?

Und, am oberen Teil des Bündels, zwei weit auseinandergestreckte ... Arme?

Das war kein Wildschwein!

Ein Schüttelkrampf erfasste seinen Körper. Immer wieder sah er nach rechts, nach links, nach rechts, nach links.

Und wieder zurück.

Er schrak zusammen. Hatte sich da im Gebüsch etwas bewegt? War da jemand?

Er starrte in die Finsternis.

Doch niemand war zu sehen.

Der Mann warf sich herum. Kopflos riss er die Fahrertür auf und schlug die Türkante gegen sein linkes Knie. Der Schmerz raubte ihm fast die Besinnung, und ein wütender Schrei entfuhr ihm.

Er hüpfte auf einem Bein, rieb sich dabei fluchend das malträtierte Gelenk, dann fiel er auf den Fahrersitz. Mit dem Handrücken wischte er sich die Schweißperlen von der Stirn. Seine Hände bebten, als er den Zündschlüssel drehte.

Nichts wie weg von hier!

Der Motor heulte gequält auf, als er das Gaspedal durchtrat und die Kupplung kommen ließ.

In wilder Fahrt entfernte er sich vom Unglücksort.

Zu Hause angekommen, stellte er den Wagen in die Garage und verschloss sie aufmerksam. In der Wohnung griff er sich eine Flasche Bier. Er brauchte keine drei Minuten dafür, sie zu leeren.

Der Gerstensaft brachte ihm keine Ruhe.

Hatte ihn jemand beobachtet?

Nein, das war nicht möglich. Niemand war zu sehen gewesen. Kein anderer Wagen hatte die Unfallstelle passiert.

Niemand wusste von dem Unfall.

Wirklich?

Er wankte ins Schlafzimmer, legte sein Handy auf den Nachttisch, zog sich aus und ließ sich aufs Bett fallen. Nach kurzer Zeit begann er zu frösteln. Er kroch unter die Decke, drehte sich auf die Seite und zog hilflos die Beine an.

Als sein Telefon mit unpersönlichem Piepsen eine Nachricht anzeigte, beschloss er, es einfach zu ignorieren.

Eine Stunde lang wälzte er sich hin und her, fand keinen

Schlaf, schwitzte, fror ... mechanisch griff er nach dem Telefon und rief die Nachricht auf. Er kniff die brennenden Augen zusammen, das helle Display blendete unangenehm im Dunkeln. Dann fing er an zu lesen.

Sein Herz begann zu rasen.

Mittwoch, 20. April
Frankfurt-Fechenheim

1

„Wie heißt sie eigentlich?"

Jeannette Müller stand mit dem Rücken zum Küchentisch, an dem ihr Lebensgefährte Karlo Kölner saß und gerade im Begriff war, mit der Kuchengabel ein Stück Sachertorte aufzuspießen.

Das kaum wahrnehmbare Vibrieren in Jeannettes Stimme ließ Karlos Alarmglocken schrillen. Was mochte nur in ihr vorgehen?

Als sie sich mit der Kaffeekanne in der Hand zu Karlo umwandte, erschienen ihre Lippen ein wenig dünner als gewöhnlich. Ein Hauch von Besorgnis befiel Karlo, als er sah, dass ihre rechte Hand beim Befüllen seiner Tasse leicht zitterte.

„Wie heißt *wer*?" Karlo schaute seine Freundin verständnislos an.

„Na, deine Polizistin, wer denn sonst?"

Deine Polizistin? Karlo zuckte unmerklich zusammen. Er wollte etwas erwidern, doch ein leichter Frosch im Hals ließ ihn innehalten. Würde er jetzt einfach drauflosreden, liefe er Gefahr, ein schuldbewusstes Krächzen zu produzieren. Allerdings, so dachte er, ließe ihn ein verstohlenes Räuspern ebenfalls unsicher erscheinen.

Karlo entschied sich deshalb, erst einmal die Kehle freizuspülen. Er nahm einen kräftigen Schluck des verführerisch duftenden Kaffees. Und bereute es sofort.

Heiß! Heiß! Heiß!

Karlos Augen wurden groß wie Untertassen, sein Mund klappte unwillkürlich auf, er verschluckte sich und fing an zu husten und zu prusten.

Der Kaffee verteilte sich in einem feinen Sprühnebel über den Küchentisch.

Toll!

„Aha!“, ließ der Kommentar auch nicht lange auf sich warten. „Der Herr hat ein schlechtes Gewissen?!“ Es war weniger eine Frage als vielmehr eine Feststellung.

Und dieses verstörende Vibrato in Jeannettes Stimme war stärker geworden.

Karlos Laune sank, und er wurde ärgerlich. Er kämpfte mit sich, um nicht aufzubrausen. „Du und deine verdammte Eifersucht“, entfuhr es ihm dennoch.

„Was heißt hier Eifersucht? Nur weil ich Anlass habe, an dir zu zweifeln, bin ich noch lange nicht eifersüchtig.“

„Eine eifersüchtige Frau zweifelt immer nur an sich selbst“, schnappte er und machte eine kleine Pause. „Sag mal, was meinst du überhaupt?“, fragte er dann. „Wieso *meine* Polizistin?“

Conny Katzenbachs Bild erschien vor seinem inneren Auge. Sie war eine attraktive Frau – keine Frage.

Sehr attraktiv.

Und ja, während des letzten Falls, den er mit Privatdetektiv Gehring bearbeitet hatte, war ihm die Katzenbach des Öfteren begegnet. Sie hatte ihn sogar bei einem Treffen mit seinen Freunden vom Motorradclub in Frankfurt-Oberrad besucht. Die hübsche Polizistin fuhr selbst ein Zweirad, eine Triumph Thruxton mit fast hundert PS. Das war etwas anderes als sein altes MZ-Gespann aus vergangenen DDR-Tagen. Er erkannte das neidlos an. Karlo musste zugeben, dass ihn diese junge Kommissarin durchaus beeindruckt hatte.

Sehr beeindruckt.

Wenn er ehrlich war, musste er sogar eingestehen, dass er sich ein wenig in die taffe Beamtin verguckt hatte. Mit ihren raspelkurzen schwarzen Haaren und ihrer nahezu perfekten Figur hatte sie ihn durchaus emotional ins Schlingern gebracht. Er hatte überdies den Eindruck gewonnen, dass auch sie nicht uninteressiert an seiner Person gewesen war.

Aber es war nichts passiert, und Karlo hatte sich diesbezüglich nichts vorzuwerfen.

Seine Entrüstung war deshalb nicht gespielt, als er aufgebracht hinzufügte: „Ich habe kein schlechtes Gewissen!“

„Nein? Hast du nicht? Da sieh mal an! Dann macht es dir gar nichts aus?“

Karlo verschränkte die Arme vor der Brust und lehnte sich zurück. „*Was* macht mir nichts aus?“

„Dass du kein schlechtes Gewissen hast. Es macht dir nichts aus, mich mit dieser Bullenschlampe zu betrügen.“

Nun war es auf dem Tisch.

„Bullenschlampe? Sag mal, spinnst du jetzt komplett? Was ist das für ein Umgangston? Und warum in aller Welt sollte ich dich betrügen?“

„Das weißt *du* wohl selbst am besten.“

„Gar nichts weiß ich. Weil ich nichts gemacht habe. Frau Katzenbach ist eine nette Frau, Frau Katzenbach ist eine noch bessere Polizistin, und ja, Frau Katzenbach sieht ziemlich gut aus. Aber damit hat es sich auch schon.“

Jeannettes Gesicht bekam eine tiefrote Farbe, als sie Karlo anzischte: „Frau Katzenbach hier, Frau Katzenbach da. Ist ja ein toller Name. Und sie fährt auch noch Motorrad? Weißt du was? Geh doch einfach zu ihr, tu dir keinen Zwang an. Und weißt du noch etwas? Ich lasse mich scheiden!"

Karlo runzelte die Stirn. *Scheiden*?

„Äh, also, Jeannette, weißt du", stammelte er verständnislos, „wir sind gar nicht verheiratet."

„Könnten wir aber schon lange sein, wenn du mich bloß mal gefragt hättest", schäumte Jeannette. „Aber so ist es ja besser für dich und deine Eskapaden. Und außerdem: stell dich nicht so dumm. Du weißt ganz genau, was ich meine!"

Bevor Karlo eine passende Antwort in den Sinn kam, stürmte die kleine blonde Frau aus der Küche. Karlo hörte, wie sie wütend an der Garderobe hantierte. Nur Sekunden später fiel die Wohnungstür krachend ins Schloss.

Einen Augenblick saß er wie gelähmt am Küchentisch. Dann hastete er zur Wohnungstür und riss sie auf.

„Heiraten ist die erste Dummheit, die man macht, wenn man glaubt, vernünftig geworden zu sein", brüllte Karlo ins leere Treppenhaus. Seine Erwiderung kam einige Sekunden zu spät. Von der Straße hörte er den Wagen seiner Lebensgefährtin mit quietschenden Reifen aus der Parklücke fahren.

Eine halbe Stunde nach der unersprießlichen Diskussion saß Karlo in der *Bluesmühle* an der Theke und hielt sich am Henkel eines Guinness-Glases fest. Der Wirt, Harry Weber, stellte ihm einen kleinen Jameson daneben.

„Geht aufs Haus", erklärte er gönnerhaft, bevor er die fleischigen Hände vor seinem ausladenden Bauch faltete und Karlo mit einer Mischung aus Neugierde, Mitgefühl und Geschäftssinn in die Augen blickte.

„Hunger?"

Kopfschütteln.

„Ärger?"

„Hm!"

„Weiber?"

„Hm!"

„Drüber reden?"

Kopfschütteln.

Der dicke Wirt nickte unmerklich und wandte sich diskret ab.

Karlo kippte den Whisky, goß verdrossen einen Schluck des dunklen irischen Gebräus nach. Es wollte ihm nicht recht schmecken. Zum Glück. Sich vollzusaufen war keine Alternative.

Doch irgendwie war er nervös, fühlte sich fiebrig, ruhelos, aufgewühlt. Aber nein! Kein Grund, sich die Lampen auszuschießen.

Trotz dieser Erkenntnis war Karlo verstimmt.

Er stand auf, legte einen Zehner auf die Theke und verließ die Kneipe.

Fünf Minuten später stand er vor der Haustür von Jeannettes Wohnung, in der er nun schon wieder längere Zeit mit seiner Freundin zusammen wohnte.

Direkt vor der Tür, zwei Parkplätze vor seinem geliebten alten MZ-Motorradgespann, stand der Wagen, den er sich vor einigen Wochen geleistet hatte: Ein völlig neu aufgebauter Ford Granada. Als Cabrio umgebaut. Amethystfarben, elfenbeinfarbene Ledersitze, Klimaanlage ...

Karlos Laune besserte sich merklich, als er sich hinters Steuer fallen ließ, den Motor startete und dem brabbelnden Sound des Sechszylinders lauschte. Die Auspuffanlage von

Martinelli, reines Edelstahl, tat, was sie am besten konnte. Karlo trat kräftig auf das Gaspedal und genoss das wütende Fauchen der Maschine.

–

Fast zwei Stunden war Karlo durch Frankfurt kutschiert, noch immer verfinsterten dunkle Wolken seine Gedanken. Vielleicht sollte er doch ein wenig unter Leute gehen. Aber in der *Bluesmühle* kannten ihn alle, und Jeannettes Sprunghaftigkeit war allgemein bekannt. Er wollte sich nicht zum Gespött machen, indem er zum hundertsten Mal die gleiche Geschichte erzählte. Außerdem war er nicht sicher, ob Jeannette irgendwann dort auftauchte. Und vor versammelter Mannschaft wollte er sich nicht noch eine Szene von ihr machen lassen. Vor allem nicht, wenn sie dermaßen unberechtigt war.

Also neutrales Terrain.

Er war einfach losgefahren und hatte seinen Orientierungssinn auf Autopilot geschaltet. Daher hätte er nicht sagen können, welche Macht ihn ins Frankfurter Bahnhofsviertel gelotst hatte.

In der Weserstraße, ganz in der Nähe des Hauptbahnhofs, fand er einen kostenlosen Parkplatz. Er stellte den Wagen ab, verschloss ihn und begann, sich ziellos durch die Straßen treiben zu lassen.

Es war schon einige Jahre her, dass er sich in dieser Gegend zu Hause gefühlt hatte. Enttäuschung breitete sich aus, als ihm die zahlreichen Veränderungen bewusst wurden.

Karlos feine Antennen spürten, dass nun ganz andere

Leute hier das Sagen hatten. Vorbei die Romantik des Zwielichtigen, des Dubiosen. Die bösen Jungs, die aus den protzigen Autos stiegen, waren anders, ihre Sprache auch. Osteuropäische Sprachfetzen wehten vorüber, schwarzafrikanische Dealer versuchten, ihn mit vielsagenden Blicken und Gesten zu ködern.

Auf unangenehme Weise fühlte er sich beobachtet, abgeschätzt, fast nackt.

Und alleine. Alleine in der Menge.

Was ihn hier plötzlich umtrieb, war keine Angst, nein, es waren eher Bedenken. Konnte man Leute nur durch seine Anwesenheit provozieren? Er fühlte sich zur falschen Zeit am falschen Ort. Ein Fremdkörper. Alle schienen ihn anzustarren, ihm nachzuschauen. Er lief weiter, versuchte, niemandem ins Gesicht zu sehen.

Wen ich nicht sehe, der sieht mich auch nicht.

Doch dann.

Diese Kneipe da, an der Ecke, sah ziemlich normal aus. Auch ihr Name klang beinahe so wie früher. *Die Schiffschaukel.* Ganz sicher führte sie damals, zu Karlos wilden Zeiten, einen anderen Namen, aber Namen kamen und gingen mit ihren Besitzern oder Pächtern. Er konnte sich nicht erinnern.

Neugierig blieb er vor der Gaststätte stehen und suchte unsicher Rat beim Einzigen, der im Augenblick bei ihm war.

Bei sich selbst.

Mittwoch, 20. April
Frankfurter Bahnhofsviertel

2

Eigentlich wollte Karlo Kölner nicht in diese Kneipe gehen. Und eigentlich hätte er auch nicht erwartet, dass es solche Kneipen hier am Bahnhof noch gab. Dummerweise passieren die schlimmsten Dinge oft dann, wenn man sich vornimmt, dieses oder jenes nicht zu tun. Man verkrampft, und dann überrollen einen die Ereignisse – so ist das nun einmal.

Karlo Kölner stolperte also die Stiegen hoch, zog die Tür der Eckkneipe auf und trat ein.

Abgestandene, feucht-stickige Luft schlug ihm entgegen. Die abscheuliche Mischung aus Zigarettenqualm, Bierdunst und Schweißgeruch stand im Raum wie ein ungewaschener Eisbär, und wenn einer der Gäste von der Toilette kam, zog er eine beißende Fahne von Klosteinduft und Urin hinter sich her. Der Wirt hinter der Theke guckte Karlo feindselig an und machte keine Anstalten, ihn nach seinen Wünschen zu fragen.

Auf einem bedenklich wackeligen Barhocker hockte, in Gesellschaft einiger anderer zweifelhafter Figuren, ein hünenhafter Fettwanst, einen Kopf größer als Karlo, die ersten drei Hemdknöpfe offen, ein fettes Goldkettchen über dem Brustpelz, vielleicht ein bisschen älter als Karlo, aber mit gefährlichen Augen, schwarzem, zurückgegeltem Haar, so wie früher, in diesen alten Schwarzweißfilmen.

Na, Sie wissen schon.

Kneipen dieser Art, schoss es Karlo durch den Kopf, betritt man nur in Gesellschaft seines großen Bruders.

Seines ganz großen Bruders.

Doch Karlo war alleine.

„So ein Pech aber auch!"

Karlo hörte seine eigene Stimme wie durch eine Wand aus Styropor. Er wühlte demonstrativ in seinen Hosentaschen. „Hab gar kein Geld dabei", flunkerte er fahrig. „Bin wohl in die falsche Hose gestiegen. Na, was soll's." Verlegen grinste er in die obskure Runde. „Dann gehe ich eben wieder!"

Und wollte sich schnell dem Ausgang zuwenden.

Die Ausrede hatte offenbar nicht sonderlich überzeugend geklungen.

Oder der Dicke suchte Streit. Karlo hatte kein gutes Gefühl, als der monströse Riese beängstigend geschmeidig vom Barhocker glitt.

„Meine Gesellschaft passt dir wohl nicht, Freundchen?"

Karlos Lippen wurden zu zwei dünnen Strichen. Er zog die stickige Luft durch die Zähne und schaute dem Dicken prüfend in die Augen. Manche Leute grinsen aufreizend, wenn sie einen provozieren wollen. Sie schauen wütend, sie schauen drohend, oder sie versuchen wenigstens gefährlich auszusehen.

Der Fleischberg jedoch verzog keine Miene.

Karlo wurde es mulmig. Er vollführte eine viertel Drehung nach rechts, Richtung Ausgang und wollte schnell an dem Dicken vorbeihuschen.

Der Gegelte war schneller.

Er trat Karlo in den Weg und rülpste ihm ins Gesicht. Karlo verschlug es den Atem. Es roch ekelhaft säuerlich, eine Mischung aus billigem Fusel, kaltem Rauch, Erbrochenem, schalen Zwiebeln und verdorbener Leberwurst. Schleimige Reste zähen Speichels klebten in seinen Mundwinkeln wie angetrocknete Gummilösung.

Karlo musterte dieses menschliche Gebirge von oben bis unten, und eine Gänsehaut kroch über seinen Rücken. Er trat einen Schritt zurück und begann laut zu fantasieren, plapperte von der Bewährung, die er noch hätte, dass er sich nicht prügeln dürfe, sonst würde er prompt wieder einfahren.

All so einen Mist eben, den man erzählt, wenn man absolut nicht weiter weiß.

Der Dicke verzog sein Gesicht, es war wohl ein Grinsen. Dann ging er einen weiteren Schritt auf Karlo zu. Karlo atmete durch, spannte seinen Körper und bemühte sich, böse zu gucken.

Was jetzt kam, war der Mut der Verzweiflung.

„Geh mir aus dem Weg, du fette Schwuchtel!“, fauchte er mit angewidertem Blick.

Mann, das saß!

Die restliche Besatzung an der Theke hielt die Luft an.

Das Gesicht des Dicken wurde drei Stufen dunkler, er glotzte Karlo fassungslos an, als hätte der sein Goldkettchen im Klo runtergespült. Diesen Augenblick der Überraschung nutzte Karlo und schlug ihm einen rechten Haken seitlich ans Kinn, so hart er nur konnte.

Ganzer Körpereinsatz. Karlo dachte, seine Hand splittere in tausend Stücke.

Der Fleischberg stand wie ein Fels, schaute Karlo an, überrascht, fast neugierig. *Gar keine Wirkung*, dachte Karlo, *verdammte Scheiße, der rührt sich gar nicht. Was soll jetzt werden, mein Himmel?*

Und dann passierte es!

Ohne den Gesichtausdruck zu verändern, langsam, ganz allmählich, sackte der Hüne nach halblinks weg. Änderte dann wieder die Richtung, fiel nach hinten, mit seinem klebrigen Gelschädel gegen einen ungepolsterten Barhocker. Ein komisches Geräusch ertönte, eine Mischung zwischen einem lauten „Knacks“ und einem scharfen „Platsch“, so etwas hatte Karlo vorher noch nie gehört.

Dann lag der Dicke reglos am Boden.

Welch ein Hammerschlag, dachte Karlo selbstgefällig und rieb sich verstohlen die schmerzende Hand.

Die Atmosphäre in der Kneipe gefror erneut.

Kein Laut, keine Bewegung, nichts.

Lange Sekunden vergingen.

Plötzlich wurde die Tür aufgerissen. Ein kleiner hässlicher Kerl Mitte zwanzig, mit Frettchengesicht und einem Gitarrenkoffer in der Hand, enterte den verqualmten Raum. Sein Blick kämpfte sich misstrauisch durch den Smog.

„Verflucht, was ist denn hier los?“

Er starrte auf den gefällten Riesen am Boden, musterte zuerst Karlo mit großen Augen und blickte dann fragend in die Runde.

„Hey, der Neue hier hat den Baron plattgemacht“, dröhnte eine heisere Stimme von der Theke her.

„Wurde auch mal Zeit“, schallte es hinter den Zapfhähnen hervor.

Karlo Kölner stand wie angewurzelt mitten im Raum, den Mund weit offen.

Mit einem Mal brach ein schallendes Gelächter aus. Drei, vier Figuren lösten sich von der Theke, klopften Karlo auf die Schulter und schauten ihn bewundernd an. Der kleine Kerl hatte seine Gitarre an einen Tisch gelehnt und kam ebenfalls auf Karlo zu.

„He, Chef, wie heißt du?"

„Kölner", krächzte Karlo mit trockener Kehle, „Karlo Kölner."

Der Kleine hielt Karlo die Hand hin. „Macht nichts", sagte er trocken, „was willst du trinken?"

Vorsichtig ergriff Karlo die angebotene Hand. „Wenn du meinst – ein Bier?"

Der Kleine grinste verschlagen. „Man nennt mich Pinky. Und du hast den Baron flachgelegt? Respekt! Da haben wir doch einen verdammt guten Grund für einen Drink ..."

Eine Viertelstunde verging. Man könnte auch sagen: zwei lauwarme Wodka pur und zwei Pils später.

Der Baron lag immer noch flach.

Keiner scherte sich darum.

Karlo blies die Backen auf. Er wollte nur noch schnell raus aus dieser Kaschemme. Aber er bekam keine Chance. Immer wieder stand ein neues Getränk vor ihm. Doch zuallererst musste er dringend pinkeln. Er ging zur Toilette und hielt angewidert die Luft an. Der Gestank hier war kaum zu ertragen.

Als er zurück in den Gastraum kam, war der Baron verschwunden. Erschrocken blickte er um sich, ob der Riese in einem Hinterhalt auf ihn lauerte, um sich für den rechten Haken zu bedanken. Nervös drehte er sich einmal um sich selbst, schaute sichernd in alle Ecken, doch der Baron blieb verschwunden.

Er deutete auf den Platz, an dem der Baron noch vor drei Minuten gelegen hatte.

„Wo ist er?"

„Weg." Der Wirt zuckte mit den Achseln.

„Was heißt weg?"

„Weg heißt weg."

„Aber ..."

„Frag nicht so blöd. Hier!" Der Wirt stellte ein frisches Bier und einen Wodka auf die Theke. „Setz dich hin und trink erst mal einen."

Karlo erklomm den Barhocker und kippte den klaren Schnaps ohne sichtliche Regung. Der Wirt schaute ihn mit zusammengekniffenen Augen an. „Und du bist also Karlo?"

„Richtig." Karlo trank sein Bier aus.

„Ich bin hier der Wirt."

„Aha", brummte Karlo. „Als hätte ich es geahnt."

Der Wirt hielt ihm die Hand hin. „Meine Freunde nennen mich *Stunt*."

Karlo ergriff die Hand. „Alles klar, Stunt." Karlos Neugier war geweckt. „Sag mal, Stunt, warum nennt ihr den Dicken eigentlich *den Baron*?"

Stunt ließ einen trockenen Lacher los. Es hörte sich eher an wie ein Husten. „Er ist ein verschissener Adliger."

„Was?" Karlo verstand nicht.

„Na, ein Adliger eben. Ein von und zu Dingsbums, *von Sowieso* ... ach, was weiß ich denn. Kann mir Namen nicht merken. Auf jeden Fall nutzt es ihm nichts. Total runtergekommen, der Bursche." Sein Gesicht hellte sich auf. „*Von der Hatz*. So heißt er. Aber egal – er hat seine Chance nicht genutzt."

„Was für 'ne Chance?"

„*Seine* Chance eben. Hat nicht jeder eine Chance? Irgendwann mal im Leben?"

„Bist 'n Philosoph, Stunt, was?"

Stunts Gesicht umwölkte sich.

„Hey, Pinky!" Die kratzige Stimme des Mannes, der direkt neben Karlo an der Theke hockte, unterbrach das Gespräch. „Warum spielst du uns nicht einen?"

„Ja, genau", fielen die anderen ein, „mach mal 'n bisschen Musik." Leben kam in die Bude.

„Genau. Spiel doch mal *West Virginia.* Von diesem Typen da, diesem amerikanischen Heino", kam es betrunken von einem der Tische im Gastraum.

Pinky schaute genervt. „Der Song heißt nicht *West Virginia.* Der heißt *Country Roads.* Und der amerikanische Heino hieß John Denver und ist mit seinem eigenen Flugzeug über der Monterey Bay in Kalifornien abgestürzt. Täte dir auch gut."

„Isser denn tot?"

„Mindestens", grinste Pinky zurück. „Und ich hasse dieses Lied. Das hab ich schon eine Million Mal gespielt, und es hängt mir langsam zum Hals raus."

„Ach, jetzt komm schon. Lass mal was hören ..."

Karlo hatte sich anstecken lassen und war neugierig geworden. Er liebte gute Blues- und Rockmusik. „Ja, Mensch, Pinky, lass mal hören. Zeig doch mal, was du so draufhast."

Pinky zögerte kurz, dann rutschte er vom Barhocker. „Na gut. Weil du neu bist. Und weil du den Baron umgenietet hast. Ich mach's für dich. Aber nur zwei Lieder. Dann will ich in Ruhe was trinken."

Begeisterter Applaus.

Der Kleine holte eine chromglänzende Akustikgitarre aus dem Koffer, hängte sie um und begann, sie zu stimmen.

„Ah, eine Dobro", ließ Karlo vernehmen. „Hab ich lange nicht mehr gesehen."

„Du kennst dich aus? Bist du Musiker?"

„Nein, nein. Das nicht. Aber ich kenne einige Musiker sehr gut. In meiner Stammkneipe ist ab und zu mal Livemusik. Vielleicht kann ich mal 'nen Gig für dich klarmachen."

„Warum nicht?" Pinky zog sich einen Barhocker in die Mitte der Kneipe und rutschte mit einer Pobacke auf den blankgewetzten Sitz. Dann begann er zu spielen.

Der scharfe, metallische, klirrende und flimmernde Klang der Dobro füllte den Raum. Es schnalzte und tickerte, perlte und floss nur so dahin. Fette Akkorde wurden von schnellen virtuosen Sololäufen überlagert, liefen nebeneinander her, wurden wieder eins ... Karlo bekam den Mund nicht mehr zu. Dieser Typ war eine Granate. Was machte der in dieser verkommenen Kneipe?

Das Spiel wurde wieder verhaltener, mündete in einen zwölftaktigen Blues. Pinky begann zu singen. Rau, kraftvoll, schmutzig, und doch melodisch, ertönte der alte Blues von Robert Johnson, der von zahllosen anderen Interpreten, darunter auch Eric Clapton, gecovert wurde:

I've got rambling, rambling on my mind,
I've got rambling, rambling on my mind.
I hate to leave my baby
'Cause she treats me so unkind ...

Als er den Blues beendet hatte, ließ er dem Beifall der Handvoll Männer keine Chance. Das bekannte Intro von *Country Roads* schloss sich direkt an. Und Pinkys Stimme hatte sich völlig verändert. Karlo dachte, John Denver live zu hören. Nicht zu begreifen, wie der kleine Kerl das bewerkstelligte.

Almost heaven, West Virginia
Blue ridge mountains, Shenandoah river ...

Karlo konnte es nicht glauben. John Denver war nun nicht sein absoluter Favorit, aber diese kleine, hässliche Ratte machte hier eine Musik, die viele Berühmtheiten mit Eintrittspreisen weit über hundert Euro nicht zustandebrachten. Jammerschade nur, dass die ganze Kneipe mitgrölte ...

Als Pinky seine Gitarre wieder wegpackte, brachen sich lautstarke Missfallensäußerungen Bahn. Doch Pinky ließ sich nicht erweichen.

„Leute, lasst es gut sein. Ich habe den ganzen Tag Musik gemacht. Es reicht mir. Ein andermal wieder. Lasst mich einfach mein Bier trinken, okay?"

Etwas später hatten sich die Gemüter wieder beruhigt. Karlo stieß mit Pinky an. „Du hast heute schon Musik gemacht?", wollte er wissen. „Wo denn?"

„Unter der Hauptwache. War aber kein guter Tag heute. Ein bisschen mehr als ein Hunderter. Na ja, besser als nix."

Karlo fasste es nicht. Unter der Hauptwache?

„Sag mal, du weißt schon, dass du verdammt gut bist? Einer wie du hat doch unter der Hauptwache nichts verloren. Du gehörst auf eine große Bühne."

Pinky winkte ab. „Hast du mich mal angeguckt? Wer aussieht wie ich, hat im Musikbusiness keine Chance. Nicht mehr heutzutage. Hast du mal abgeprüft, was heute so konsumiert wird, musikmäßig?"

Karlo lachte bitter auf. „Da hast du schon recht. Aber gib mir mal deine Handynummer. Du musst unbedingt in der *Bluesmühle* spielen. Das musst du mir versprechen. Ich rede mit dem Inhaber. Hab früher ab und zu hinter der Theke ausgeholfen und bin auch heute noch oft als Gast dort, auch wenn mal 'ne Band spielt."

Pinky öffnete seinen Gitarrenkoffer und entnahm ihm

eine Visitenkarte. Er hielt sie Karlo unter die Nase. „Hier. Wenn du meinst, dann machen wir das. Ruf mich an, ja? Und jetzt vergessen wir die Musik. Lass uns was trinken."

Karlo betrachtete das Kärtchen. *Louis P. Heydel*, stand dort zu lesen, *Blues, Rock & Co.* Und eine Handynummer. Karlo bedankte sich. Er ließ sich einen Kugelschreiber geben, schrieb seine Nummer auf einen Bierdeckel und warf ihn auf die Theke. „Hier, wenn irgendwas sein sollte."

Er schaute Pinky ins Gesicht. Der Musiker erschien ihm lange nicht mehr so hässlich wie vorhin, als er in die Kneipe gestolpert kam. Machte das die tolle Musik?

Einer, der in der Lage war, solche Musik zu machen, und sich nicht zu schade war, unter der Hauptwache zu spielen, der musste einfach in Ordnung sein.

Kurzum, Karlo war begeistert. „Weißt du was?, rief er überschwänglich. „Ich ruf Harry jetzt gleich an."

„Das wäre richtig super." Pinky schaute Karlo listig an. „Was glaubst du, springt da für mich raus?"

„Sind zweihundert okay?" Damit könnte der Wirt leben.

„Zweihundert sind super."

Karlo hatte schon das Handy am Ohr.

„Bluesmühle, Weber?"

„Hier ist Karlo. Sag mal Harry, ich hab hier einen jungen Typen, der macht Musik, so was hast du noch nicht gehört. Den musst du unbedingt buchen. Gib mir doch mal einen Termin."

„Wenn du das sagst. Wie viel will er?"

„Zweihundert."

„Das würde wunderbar passen. Mir hat nämlich gerade vor zwei Stunden 'ne Band für Freitag dieser Woche abgesagt. Meinst du, er kann da einspringen?"

„Moment. Ich frag mal nach." Karlo wandte sich an Pinky. „Wie sieht es jetzt am Freitag aus? Hast du da Zeit? Eine Band hat abgesagt. Du könntest einspringen."

„Klar, das mach ich. Wann soll ich anfangen?"

„Zwanzig Uhr da sein, gegen halb neun fängst du an."

„Und wie lange?"

„Schaun wir mal, wie das Publikum drauf ist. Vielleicht bis elf, halb zwölf. Wenn die Leute mehr wollen, lassen wir noch einen Hut rumgehen."

„Adresse?"

„*Bluesmühle*. In der Mittelseestraße in Fechenheim."

„Geht klar. Ich freu mich."

Karlo bestätigte Harry den Termin, gab seinem neuen Kumpel einen freundschaftlichen Klaps auf den Rücken und legte auf. „Super", freute er sich.

Dann schaute er vor sich auf die Theke.

Dort stand ein neues Bier. Und ein neuer Wodka.

Die Zeit verging.

Und wieder standen neue Getränke vor Karlo.

Immer wieder.

Immer wieder.

Die Zeit verging.

Pinky hatte sich mittlerweile verabschiedet.

Im Verlaufe der nächsten Stunden betraten sporadisch neue Gäste die Kneipe. Karlo wunderte sich ein wenig. Es waren einige seriös wirkende Herren darunter, die von ihrer Kleidung eher in eine noble Hotelbar gepasst hätten als in diese Pinte. Karlo fand es auch bemerkenswert, dass die meisten von ihnen nicht an der Theke oder an einem der Tische Platz nahmen, sondern nach einem kurzen Handzeichen hinter einer Tür direkt neben dem Thekeneingang verschwanden.

Er stellte sein Glas ab, sah Stunt an und nickte Richtung der Tür. „Habt 'ne kleine Feier?"

Stunts Gesichtszüge verschlossen sich umgehend. „Ist privat."

„Geburtstag?"

„Ist *sehr* privat, Mann."

Karlo nickte knapp. „Verstehe."

Und wieder verging die Zeit.

Acht lauwarme Wodka, elf Pils und einige Gespräche, an die er sich am nächsten Tag nicht mehr erinnern sollte, später, schaffte er schließlich den Absprung.

Der Wirt weigerte sich strikt, ihm auch nur einen Cent abzunehmen.

Karlo musste versprechen, mal wieder reinzuschauen.

Er versprach es. Fest.

Dann machte er, dass er rauskam aus der Kaschemme.

Beim Verlassen des Etablissements schaute Karlo nicht einmal über die Schulter. Deshalb konnte er auch Stunts zufriedenen Gesichtsausdruck nicht sehen. Der Wirt hatte sich zu einem Gast an den Tisch gesetzt, blickte interessiert auf dessen Smartphone-Display.

Stunt grinste.

Und er hatte eine Idee.

Eine böse Idee.

Donnerstag, 21. April
Frankfurt-Fechenheim

3

Am Tag nach diesem denkwürdigen Ereignis war Karlo schwer angeschlagen. Sein Kopf brummte wie selten. Karlos erster besorgter Blick nach dem Aufstehen ging jedoch durchs Fenster zur Straße.

Und er sah – nichts!

Sein Auto stand nicht vor der Tür. Karlo spürte einen Stich. Wie war er nach Hause gekommen? Er massierte sich seinen schmerzenden Schädel und schlich ins Bad.

Nach einer ausgiebigen Dusche fühlte er sich kaum besser. Seine Aufnahmefähigkeit reichte jedoch aus, um zwei Dinge zu bemerken: Zum einen die Taxiquittung, die im Flur auf dem Boden lag. Mit dem Datum der vergangenen Nacht.

Das hieß, sein Auto stand noch in der Weserstraße. Er beschloss, sich eine Tasse Fleischbrühe heißzumachen, einen Kaffee zu trinken und dann mit der Straßenbahn zum Hauptbahnhof zu fahren, um seinen Granada zu holen.

Und zum anderen: Jeannette war immer noch nicht zu Hause.

Verdammt!

Auch als er später in die Straßenbahn einstieg, fühlte er sich nicht besser. Nach dem Aufwachen hatte er das sichere Gefühl gehabt: Das war's, jetzt ist es vorbei. Ich sterbe. Aber wäre das nicht zu einfach gewesen? Eigentlich hatte Karlo sich sein Ende völlig anders vorgestellt.

Irgendwie wichtiger. Tragischer. Heldenhafter. Oder wenigstens ordentlich inszeniert.

Er saß in Fahrtrichtung an einem Fensterplatz. Ihm gegenüber saß ein dicker Mann mit einem Dackel zu seinen Füßen. Karlo schaute vor sich auf den Boden und gab sich seinem Unwohlsein hin.

Deshalb sah er *ihn* erst, als er schon drei Schritte vor ihm stand. Ein heilloser Schreck durchfuhr Karlo. Ein Meter neunzig groß und spindeldürr, der Typ. Schwarzer breitkrempiger Hut. Schwarzer Ledermantel. Schwarze Hose, die an ihrem unteren Ende in schwarzen Schnallenstiefeln steckten. Unglaublich mageres, bleiches Gesicht. Fast weiß. Hohlwangig. Hakennase, wie der Schnabel eines Adlers, tiefliegende Augen. Fast wie ... der Tod!

Der Platz neben Karlo war noch frei. *Nein*, dachte er mit leiser Ironie, *jetzt ist es so weit. Jetzt kommt er mich holen. Es ist vorbei. Da hast du deine Inszenierung.*

Der Tod setzte sich neben Karlo. Karlo starb aber nicht. *Noch nicht*, dachte er – *bestimmt will er erst noch seine Spielchen mit mir treiben.*

Gegenüber saß immer noch der Mann mit Dackel. Das Tier mit den kurzen krummen Beinen kam nun schwanzwedelnd und freundlich schnüffelnd auf den Tod zu. Der Tod lächelte ein Lächeln, wie es nur dem Sensenmann vorbehalten ist, beugte sich nach vorne, und streckte die Hand nach dem Dackel aus.

Aha, dachte Karlo, *er will sich zuerst den Hund holen.*

Der Tod begann den Kopf des Hundes zu kraulen.

So macht er das also, sinnierte Karlo und zog seine Kappe

fester auf den Schädel, dass er ihm nicht so einfach den Kopf kraulen könnte. Er schauderte, als er sich die dürren Spinnenfinger des Schwarzgekleideten in seinen langsam schütter werdenden Haaren vorstellte. Eine ganze Weile ging das so, und der kräftige Mann grinste den Tod verschwörerisch an.

Wie von Hundeversteher zu Hundeversteher.

Für Höllenhunde.

Und dann passierte es!

Unvermittelt schnappte der Hund nach der dürren, bleichen Hand und biss zu. Die Hand zuckte zurück, aber es war zu spät. Eine tiefrote Flüssigkeit lief über den fahlen Handrücken. Ein bizarrer Kontrast, fand Karlo. Er schaute fasziniert, wie sich das Blut auf dem Handrücken ausbreitete und langsam und dickflüssig auf den Boden tropfte.

„Verdammte Scheiße", fluchte der Tod mit verzerrtem Gesicht.

Moment mal! Das war doch nicht der Tod!

Jetzt war es keineswegs so, dass Karlo gedacht hätte, der Tod würde nicht fluchen – ganz im Gegenteil.

Aber der Tod, der blutet doch nicht, wenn er von einem Dackel gebissen wird!

Oder doch?

Die gestammelten Entschuldigungsversuche des Dackelbesitzers konnten die Wunde jedenfalls nicht schließen.

An der Haltestelle Weser-/Münchener Straße stieg Karlo aus und übergab sich routiniert über einen Gullydeckel. Zwei ältere Damen straften ihn kopfschüttelnd mit missbilligenden Blicken. Er zuckte mit den Schultern und schlich los, um seinen Wagen abzuholen.

Gehe zurück auf „Los".

Der Kater, der Karlo in seinen Krallen hielt, war schlimm, hatte aber durchaus sein Gutes: Zu diesem Zeitpunkt fühlte er sich noch sicher.

–

Wieder zu Hause fand Karlo die Wohnung immer noch leer vor. Jeannette war wahrscheinlich auf der Arbeit. Hoffte er zumindest. Leider hatte sie keine Nachricht hinterlassen. Bestimmt war sie immer noch sauer. Doch warum? Er konnte Jeannette einfach nicht verstehen, er hatte sich nichts vorzuwerfen. Alles, was Jeannette sauer machen könnte, hatte sie sich selbst eingeredet.

Angespannt wählte er Jeannettes Firmennummer. Kurz ertönte das Freizeichen, dann hörte er eine weibliche Stimme: „Firma ImmoStar, Susanne Tomann. Wie kann ich Ihnen helfen?“

„Hallo, Frau Tomann, hier ist Karlo Kölner. Kann ich bitte mal kurz mit meiner Freundin, Frau Müller, sprechen?“

„Oh! Das tut mir leid, Frau Müller ist heute nicht im Haus.“

Karlo schluckte. „Nicht im Haus?“

„Genau, sie hat sich heute freigenommen. Nächste Woche Montag wollte sie wieder da sein.“

Er gab auf. „Dann entschuldigen Sie bitte die Störung“, flötete er höflich und legte auf.

Karlo schüttelte entnervt den Kopf. Es schien schlimmer zu sein als vermutet. Wo konnte Jeannette abgeblieben sein? Hoffentlich war ihr nichts passiert. Er hatte kein gutes Gefühl. Doch Karlos Ärger überwog die Sorgen, die er sich machte. Das war doch Schnickschnack, dachte er verdrossen. Jeannette nahm sich eine Auszeit? Nun, wenn *sie* das konnte, dann konnte er das auch.

Kurz darauf hatte er Paul Perlig aus Hofbieber in der Rhön am Telefon. Der begeisterte Hobbykoch freute sich aufrichtig, als er Karlos Stimme erkannte.

„Wie geht's denn so, Karlo? Hast du deinen letzten Fall gut überstanden?"

„Ja, ja. Alles gut gelaufen so weit."

„Und, was machen die Frauen?"

Das war eine mutige Frage für den schüchternen Paul. Der begabte Hobbykoch war schon jahrelang in seine Nachbarin Sina Mehler verliebt. Bislang hatte er leider nicht den Mut gefunden, sie darauf anzusprechen. Obwohl – einige Situationen hatte es schon gegeben, in denen es beinahe gefunkt hätte. Bedauerlicherweise war immer etwas völlig Dummes dazwischengekommen. Und danach hatte er sich wieder nicht getraut. Und Sina wartete ab.

Karlo grinste. „Das könnte ich dich auch fragen. Wie geht es Sina?"

Paul hüstelte verlegen.

„Gut, soweit ich weiß."

„Soweit du weißt? Sie ist deine Nachbarin."

„Wie geht es Jeannette?", konterte Paul.

„Gut", gab Karlo zögerlich zurück, „soweit ich weiß."

„Soweit du weißt? Sie ist deine Freundin."

Einige Sekunden war es ruhig in der Leitung.

„Was machst du eigentlich am Wochenende, Paul? Hast du schon was vor?"

„Ihr habt mal wieder gestritten!"

„Verdammt, ja."

„Wann willst du kommen?"

„Heute Abend?“

„Ja, gerne. Ich bin zu Hause.“

Paul ließ eine kleine Pause, dann räusperte er sich. Karlo spürte, dass etwas in der Luft lag.

„Was ist mit dir, Paul? Irgendwas nicht in Ordnung? Soll ich lieber doch nicht kommen?“

„Doch, doch“, versetzte Paul eifrig. „Du kannst ruhig kommen. Es ist nur so“, fuhr er zögerlich fort, „Jeannettes Auto steht bei Sina vor der Tür. Ich dachte, das solltest du wissen.“

„Ah, ja! Das hätte ich mir ja eigentlich denken können.“ Ein melancholisches Lächeln huschte über Karlos Gesicht. Jeannette hatte sich also bei ihrer Rhöner Freundin verkrochen. Gut. Da musste er sich wenigstens keine Sorgen mehr machen.

„Also, was ist jetzt?“ Paul versuchte seinem Frankfurter Freund den Besuch schmackhaft zu machen. „Ich hab einen neuen Rotwein entdeckt. Und ein großer Topf mit Wildschweingulasch steht auch noch im Kühlschrank.“

Karlos Miene hellte sich auf. Paul war wirklich ein formidabler Koch.

„Wildschweingulasch“, sinnierte er, sein Magen knurrte unverholen, und das Wasser lief ihm im Munde zusammen. Er schluckte unwillkürlich. „Mit selbstgeschabten Spätzle?“

„Natürlich. Ich kann aber auch Klöße machen.“

„Na, wenn das so ist – ich bin schon unterwegs. Spätzle sind übrigens okay. Wie ist denn das Wetter bei euch?“

„Es regnet wie aus Kübeln. Anfang nächster Woche soll es aber wieder besser werden.“

„Bah! Ich lasse das MZ-Gespann stehen und setze mich in mein neues Auto. Das kennst du noch nicht, oder?“

„Nein, du hast nur kurz davon erzählt. Da bin ich mal gespannt. Dann bis heute Abend."

„Bis dann."

In Windeseile packte Karlo einige Sachen zusammen, warf seine Tasche über die Schulter und stürmte die Treppe hinunter. Er entriegelte den Kofferraum und warf sein Gepäck hinein. Dann rutschte er auf den Fahrersitz, zog sein Smartphone aus der Hosentasche und wollte es gerade in der Ablage platzieren, als er stutzte.

Da gab es eine Nachricht für ihn. *Zur Kenntnisnahme.* Sonst nichts.

Im Anhang entdeckte er ein Video. Neugierig startete er den Film.

Und bekam einen bösen Schreck. Das da, das war doch er! Man sah ihn zwar nur seitlich von hinten, aber es war eindeutig er, Karlo. Und vor ihm sah man den Baron, der Dicke, der in dieser Kaschemme mit ihm Ärger gesucht hatte. Dass der Baron den Streit begonnen hatte, sah man leider nicht. Der Film begann erst kurze Zeit danach.

„Geh mir aus dem Weg, du fette Schwuchtel!", tönte es ihm aus dem kleinen Lautsprecher des Smartphones entgegen. Trotz des unguten Gefühls erfüllte es ihn mit einigem Stolz, als er sah, wie er dem Fleischkloß den rechten Haken an die Kinnlade schickte.

Professionell.

Er musste grinsen, als der Riese langsam nach links kippte, plötzlich nach hinten abschmierte und mit einem komischen Geräusch auf den Fußboden knallte. Einige Sekunden war die Kamera noch auf den am Boden liegenden Mann gerichtet, dann brach der Film ab.

So weit, so gut. Das war das Eine.

Das andere war: Wer hatte ihm dieses Video geschickt? Und warum? Karlo hatte nicht mitbekommen, dass jemand die Szene mitgeschnitten hatte.

Als Karlo endlich den Wagen startete, war ihm der Appetit gründlich vergangen. Ein Güterzug, voll beladen mit wirren Gedanken, raste durch seine Gehirnwindungen.

Irgendjemand hatte irgendetwas vor. Karlo schluckte, als er an den reglosen Riesen dachte. Was wäre, wenn der Baron ...

Er wagte nicht, den Gedanken zu Ende zu denken.

Donnerstagabend, 21. April
In der Rhön

4

Als Karlo die Autobahnabfahrt Fulda-Mitte erreicht hatte, meldete sein Smartphone mit nervigem Piepen eine erneute Nachricht.

Neugierde befiel Karlo. Er zögerte kurz, beschloss dann aber, ein guter Verkehrsteilnehmer zu sein und zu warten, bis er an Pauls Küchentisch saß.

Er fuhr in den Dipperzer Kreisel und bog in die Fuldaer Straße ein. Nach dreihundert Metern bekam er große Augen. Da stand ein rotes Mazda-Cabrio, ein MX5. Mit Frankfurter Nummer. Das war doch Jeannettes kleiner Flitzer. Direkt auf dem Parkplatz gegenüber vom *Puppenhaus am Brunnen.* Paul hatte dieses Restaurant schon oft über den grünen Klee gelobt. Da machten sich Jeannette und Sina wohl einen schönen Abend. Fast wäre so etwas wie Neid aufgekommen. Doch dann erinnerte er sich an Pauls Kochkünste, das Wildschweingulasch, und der Neid verpuffte.

Es konnte außerdem nicht falsch sein, wenn Jeannette einen schönen Abend mit ihrer Freundin verbrachte und daher morgen guter Stimmung war. Nur, falls sie unverhofft aufeinanderträfen.

Fünf Minuten später stand er vor Pauls Haustür und klingelte. Den auffälligen amethystfarbenen Granada hatte er eine Ecke weiter geparkt. Jeannette sollte nicht denken, dass er ihr nachlaufen würde. Was in diesem Falle auch ganz und gar nicht stimmte. Im Gegenteil.

Eine Stunde später hielt sich Karlo den gut gefüllten Bauch. Das Wildschweingulasch war unvergleichlich gewesen. Und erst der Rotwein! Paul hatte wieder einmal ein gutes Näschen bewiesen. Ein französischer Wein, eine seltene Cuvée aus den Rebsorten Malbec, Syrah, Braucol, Grenache, Négrette, Carignan und Mourvedre. Ein dichter Wein mit aromatischer Finesse. Samtig am Gaumen, fruchtig, kirschig, konzentriert und gehaltvoll, mit angenehm weichen Tanninen.

Nun schnupperte er an einem sechzehn Jahre alten Malt-Whisky und hatte beinahe seine Sorgen vergessen.

Das Thema Jeannette hatte Karlo auf den späteren Abend verlegt. Er hatte lediglich erwähnt, dass er Jeannettes Wagen vor dem Restaurant in Dipperz hatte stehen sehen. Aber da war doch noch etwas! Plötzlich fiel ihm die Nachricht auf dem Smartphone ein. Er ging in den Flur, wo seine Jacke an der Garderobe hing, und zog das Telefon hervor.

Die Nachricht war anonym.

Du hast etwas gutzumachen, las Karlo, und seine Nervosität wuchs. *Um Punkt zehn Uhr heute Abend rufst du folgende Nummer an … wenn nicht, geht das Video an die Bullen.*

Es folgte eine Handynummer, bestimmt ein Prepaid-Handy, wie Karlo vermutete. Er machte sich keine Illusionen, was die Identifizierung der Nummer betraf.

Seine Anspannung aber stieg. Ein Blick aufs Display zeigte ihm, dass er noch genau eine Viertelstunde hatte, um die Nummer anzurufen.

„Alles in Ordnung, Karlo?“ Paul schien besorgt, Karlos Gesicht war totenbleich, als er zurück in die Küche trat.

Karlo schluckte. „Weiß ich noch nicht." Er schluckte erneut. „Ich muss telefonieren. Dringend. Danach weiß ich vielleicht mehr."

„Arbeitest du an einem neuen Fall? Hat Gehring dich mal wieder angeheuert?"

„Ein neuer Fall?" Karlo schnaubte kurz auf. „Hm! Vielleicht könnte man es so nennen", stocherte er unbeholfen in den Tatsachen. „Aber es hat nichts mit Gehring zu tun." Er presste die Lippen zusammen. „Noch nicht", fügte er nachdenklich hinzu.

Georg Gehring, der Ex-Polizist, hatte seinen Dienst bei der Frankfurter Kriminalpolizei vor einigen Jahren quittiert und arbeitete seitdem nicht ohne Erfolg als privater Ermittler. Von Zeit zu Zeit buchte er Karlo als Unterstützung in besonders kniffligen oder auch aufwändigen Fällen.

„Dann führ mal dein Telefonat", bot Paul an. „Ich habe noch einige Sachen im Auto, die in den Keller gebracht werden müssen. Ich erledige das, solange kannst du ungestört reden."

„Nett von dir, Paul, danke. So machen wir's."

Karlos Hände bebten nervös, als er die Nummer eingab. Nach dem dritten Freizeichen wurde abgehoben. Karlo lauschte angestrengt. Niemand meldete sich. Er setzte sich auf die Couch ins Wohnzimmer und lehnte sich zurück.

„Hallo? Ist da jemand? Ich sollte anrufen ..."

„Ah, ja", flüsterte eine Stimme. „Kölner, richtig?"

„Ja. Was wollen Sie?"

„Ich soll dir einen letzten Gruß vom Baron übermitteln."

Karlos Blut stockte in den Adern. Er rutschte an den Rand des Sofas. „Was soll das heißen?", zischte er scharf.

„Was kann das schon heißen?" Die Stimme war lauter geworden, klang seltsam, irgendwie verstellt. Als würde ein heiserer Bernhardiner bellen. Nur nicht so gutmütig.

„Das frag ich *Sie*. Drücken Sie sich klar aus, verdammt. Oder sind wir hier in einer Quizsendung?"

„Wie du willst. Tja, was soll ich sagen – der Baron ist tot."

Karlo hielt die Luft an. Also doch. Er stellte sich dumm. „Was hab ich damit zu tun?"

„Es wird dir bestimmt nichts helfen, den Blöden zu markieren. Schließlich hast du ihn totgeschlagen. Der Film sagt ja wohl alles, oder?"

„Was?", krächzte Karlo entsetzt. „Was haben Sie vor?"

„*Wir* haben nichts vor. *Du* hast was vor. Wir haben nämlich eine Aufgabe für dich. Erledigst du die zu unserer Zufriedenheit, löschen wir das Video. Wenn nicht, geht der Film an die Bullen."

Karlo kochte förmlich. „Du Scheißkerl", fauchte er zornig. „Wenn ich dich erwische, mach ich dich kalt. Ich dreh dir den Hahn zu, das verspreche ich dir!"

Das leise Lachen am anderen Ende der Verbindung jagte Karlo einen Schauder über den Rücken.

„Ja, ja", kicherte es an Karlos Ohr. „Immer das Gleiche. So leicht gewöhnt man sich ans Umbringen. Es gibt welche, die haben sogar irgendwann Spaß daran. Aber das muss ja kein Fehler sein. Ganz im Gegenteil. Das kommt uns sehr gelegen. Du hörst von uns, mein Freund."

Karlo brauste erneut auf. „Was zum Teufel ..."

Doch der Gesprächspartner hatte schon aufgelegt.

Karlo überlegte nervös. Wer konnte das gewesen sein? Stunt war der Einzige, der ihm von der Logik in den Sinn kam. Doch dessen Stimme klang völlig anders. Selbst wenn

Stunt bemüht gewesen wäre, seine Stimme zu verstellen, war Karlo sicher, dass er ihn erkannt hätte.

Kurz darauf kam Paul gut gelaunt mit einer neuen Flasche Wein unterm Arm ins Wohnzimmer.

„Na, Karlo, hast du alles ... du meine Güte! Sag mal, Alter, wie siehst du denn aus? Hast du ein Gespenst gesehen?“

„Kein Gespenst, Paul. Kein Gespenst. Viel schlimmer.“

Er verzog sein Gesicht und rieb sich den Nacken. Dann platzte es heraus. „Paul, ich bin voll am Arsch! Erledigt!“

Paul spürte sofort, dass die Lage ernst war.

„Willst du drüber reden?“

„Das ist nichts, was man mit Reden lösen könnte, Paul.“

„Aber versuchen könnte man es ja, oder?“

„Ich weiß wirklich nicht, ob du das hören willst. Und wenn du es dann gehört haben solltest, müsstest du eigentlich zur Polizei gehen. Ich kann einen Freund nicht mit so einer Geschichte belasten.“

„So ein Quatsch. Wenn ich das schon höre. Komm schon, dafür sind Freunde da. Hat es mit Jeannette zu tun?“

„Nein, um Himmels willen. Hat es nicht. Das ist eine ganz andere Geschichte. Hör zu: Jeannette glaubt, dass ich sie mit einer anderen Frau betrüge. Und jetzt ist sie völlig von der Rolle.“

„Und, tust du das?“

„Was tue ich?“

„Sie betrügen?“

„Aber nein, nein, nein! Tu ich nicht! Sie hat sich da was in den Kopf gesetzt.“

„Und wie kommt sie auf die Idee?“

Karlo erzählte seinem Freund von der hübschen schwarzhaarigen motorradfahrenden Kommissarin, bis hin zu ihrem Besuch beim Motorradclub.

Paul nickte verständnisvoll. Dann musterte er Karlo scharf. „Und was würdest *du* glauben, wenn du Jeannette wärst?“

Karlo zog einen Mundwinkel bitter nach oben. „Jeannette war früher auch kein Kind von Traurigkeit. Wir hatten beide schon unsere Ausrutscher. Deshalb ist das Misstrauen etwas größer als normal, denke ich. Aber ich mag sie sehr, und ich schwöre dir, Paul, ich habe wirklich nichts gemacht.“

„Wie ich euch beide kenne, rauft ihr euch schon wieder zusammen.“

„Das hoffe ich. Aber das ist gerade nicht meine größte Sorge. Was ich hier vor der Brust habe, das ist ein richtiges Problem. Schlimmer geht's kaum noch, glaub mir. Und das Dumme ist, wenn ich mich nicht mit Jeannette gestritten hätte, wäre ich nie und nimmer in diese vertrackte Situation geschlittert.“

Paul wurde ungeduldig. „Dann erzähl schon endlich. Ich kann dir nichts raten, solange ich nicht weiß, um was es geht.“

Karlo schnaufte tief durch. „Wüsste nicht, wie dieser Rat aussehen könnte. Aber wir können es ja versuchen. Krieg ich noch einen Schluck Rotwein?“

Während Paul die Gläser nachfüllte, begann Karlo zu reden: „Also. Alles hat gestern damit angefangen, dass Jeannette wütend aus der Wohnung gestürmt ist. Ich war genauso aufgebracht wie sie, nur aus dem entgegengesetzten Grund. Ich wollte mir eigentlich in der *Bluesmühle* die Lichter ausschießen, aber dann dachte ich mir, dass die Sauferei nichts bringt, ich bin nach einem Bier in mein Auto gestiegen und ziellos durch Frankfurt gefahren. Bis ich dann diese Kneipe sah. Zuerst wollte ich da gar nicht rein, aber dann ...“

Donnerstagabend, 21. April
Hofbieber in der Rhön

5

Pauls Gesicht hatte während Karlos Erzählung ebenfalls einiges an Farbe verloren.

„Alles, was recht ist, Karlo. Du sitzt ganz schön in der Tinte."

„Hab ich doch gesagt."

„Aber du darfst dich nicht erpressen lassen. Wenn du darauf eingehst, hört das niemals auf."

Karlo lachte bitter. „Ich hab keine Lust, in den Knast zu wandern. Ich dachte, diese Zeit hätte ich lange hinter mir gelassen. Und nun das."

„Du musst zur Polizei gehen. Alles andere reitet dich nur viel tiefer rein. Die wollen dich reinlegen. Am Ende erledigst du denen die Drecksarbeit, und dann geben sie den Film doch weiter. Und was ist dann?"

„Aber wenn ich die Polizei einschalte, bin ich wegen Totschlags dran. Das werden schnell sechs Jahre. Weißt du, was sechs Jahre Knast mit einem machen? Ganz zu schweigen von dem beschissenen Gefühl, jemanden getötet zu haben. Was glaubst du, wie ich mich fühle? Das hab ich doch nicht gewollt. Ich hatte einfach nur eine Scheißangst und wollte unbeschadet aus der Kneipe raus. Das war reine Notwehr." Karlo hielt kurz inne, seufzte und fuhr sich mit der Hand übers Gesicht. Als er fortfuhr, klang er verzweifelt. „Und was soll ich Jeannette sagen? Was wird sie machen in der ganzen Zeit? Nein, Paul, ich muss mir was anderes einfallen lassen."

„Apropos Jeannette." Paul stand auf. „Ich glaube, ich habe gerade draußen zwei Frauen lachen gehört. Wenn es Sina und Jeannette sind, soll ich mal fragen, ob die beiden auf ein Gläschen reinkommen möchten?"

„Sei mir nicht böse, Paul. Aber ich hab gerade andere Dinge im Kopf, als mich mit meiner Freundin zu zoffen. Ich glaube, das ist keine gute Idee."

–

„Jetzt schau dir das an", stieß Sina Mehler aufgebracht hervor. „Da hat sich so ein Depp direkt vor meinen Carport gestellt."

Jeannette winkte ab. „Ist doch nicht schlimm. Davon lassen wir uns den schönen Abend nicht verderben. Ich parke da vorne hinter der Kurve. Da ist meistens Platz." Sie trat leicht aufs Gaspedal und folgte dem gekrümmten Straßenverlauf. Plötzlich stutzte sie.

„Das ist doch Karlo!", stieß sie überrascht aus.

„Karlo? Wo ist Karlo?

„Na, da! Das lilafarbene Cabrio. Der Granada."

Karlos Wagen stand mit der Front eine knappe Handbreit vor einem Ahorn, der am Rande des Bürgersteigs wuchs.

„Karlo hat ein Auto?" Sina schaute Jeannette überrascht an. „Wie kommt er zu einem Auto? Was ist mit seinem Motorrad?"

„Das Motorrad hat er auch noch. Stimmt, das weißt du ja noch gar nicht. Karlo hat sich den Ford vor ein paar

Wochen gekauft. Ist wirklich ein tolles Ding, macht richtig Spaß", schwärmte Jeannette.

Sina schaute ihre Freundin von der Seite an. „Hört sich nicht mehr so sehr nach Streit an, oder?"

„Unsere Auseinandersetzung hat nichts mit dem Auto zu tun. Ich kann doch gleichzeitig mit Karlo böse sein und trotzdem sein Auto gut finden, oder etwa nicht?" Sie lächelte maliziös. „Das nennt man Multitasking. Das können wir Frauen besser als Männer."

Sina kicherte. „Und wie nennt man es, wenn ein Mann gleichzeitig mit zwei Frauen rummacht? Ist das nicht auch eine Art Multitasking?"

„Nein", beschied Jeannette lapidar, „das ist eine Sauerei!"

Dann parkte sie direkt hinter Karlos Granada. Sie fuhr so dicht auf, wie es nur ging. Zwei Finger passten gerade so zwischen Karlos Heck und Jeannettes Kühlerhaube.

Sina guckte ungläubig, als sie ausgestiegen waren. „So kommt er aber nicht raus aus der Parklücke."

„Ich weiß."

Die beiden Frauen gingen Richtung Sinas Haus und lachten schallend.

Freitagfrüh, 22. April
Hofbieber in der Rhön

6

Das Klingeln seines Handys riss Karlo aus dem Schlaf. Er setzte sich mit leichtem Schwindelgefühl auf die Bettkante, rieb seine Augen und blinzelte aus dem Souterrain-Fenster von Pauls Gästewohnung ins Helle. Dann griff er zum Telefon. Die Uhr auf dem Display zeigte sieben Uhr dreißig. Eine Rufnummer war nicht zu sehen.

Anonymer Anruf.

„Ja?", brummte er unwirsch.

„Schlecht geschlafen?", tönte es ihm spöttisch ans Ohr. Zuerst erkannte er die Stimme nicht und wollte losschimpfen. Doch der Anrufer kam ihm zuvor. „Das ist gar nicht gut", ging es weiter, „es wartet Arbeit auf dich. Du solltest besser gut ausgeruht sein. Wer müde ist, macht Fehler."

„Was soll der Mist?", wetterte Karlo ungehalten, „hast du eine Uhr? Ich hab nicht mal gefrühstückt."

Der Anrufer kümmerte sich nicht darum. „Schön, wenn du noch Appetit hast. Wo bist du im Moment?"

„Was geht dich das an?"

„Jetzt hör mir mal gut zu: Du bist nicht in der Situation, Fragen zu stellen. Also, wo bist du?"

Karlo knickte ein. „Ich bin in der Rhön, in der Nähe von Fulda."

Einen Augenblick lang wurde es still in der Leitung. Der

Anrufer schien nachzudenken. Als Karlo sich schon fragte, ob sein Gesprächspartner aufgelegt hatte, meldete sich der Mann erneut. „Pass genau auf. Ich erkläre es nur einmal. Sei Punkt ein Uhr heute Mittag am Frankfurter Ostpark. Du biegst hinter der Eissporthalle in die Ostparkstraße ein, parkst direkt hinter der Ampel. Dann steigst du aus und wartest. Pünktlich – nicht zu früh und nicht zu spät. Wenn nicht – du weißt, was dann passiert."

„Was willst du von mir? Wie erkenne ich dich überhaupt? Und warum ..."

„Ich erkenne *dich*. Das reicht."

„Aber du ..."

Doch der Kerl hatte aufgelegt.

Karlo schlich ins Bad, nahm eine heiße Dusche, putzte die Zähne und rasierte sich hastig. Dann zog er sich an, packte seine Sachen zusammen und stieg die Treppe nach oben. Als er ins Wohnzimmer gehen wollte, hörte er, wie sich der Schlüssel im Schloss der Haustür drehte. Die Tür schwang auf und Paul betrat das Haus mit einer großen Tüte frischer Brötchen.

„Ah, Karlo", drang es ihm gut gelaunt entgegen, „bist ja schon aus dem Bett gefallen. Passt, der Kaffee ist auch fertig. Gut geschlafen?"

„Aufgehört", knurrte Karlo misslaunig zurück. „Das Telefon hat mich geweckt."

„Was Wichtiges?"

„Ich muss weg. Gleich nach dem Frühstück."

„Das wird nicht so einfach funktionieren."

„Was soll das heißen?"

„Ich nehme an, der lila Granada ist deiner?"

„Ja", bestätigte Karlo stolz, „schönes Teil, was?"

„Stimmt, ich will ihn mir später auch etwas genauer anschauen. Mit dem Wegfahren hast du allerdings ein Problem. Jeannette hat dich zugeparkt. Habe ich zufällig bemerkt, als ich hinter der Kurve gewendet habe. Sieht irgendwie sehr mutwillig aus." Er grinste verlegen. „Du musst sie wohl oder übel bitten, ihr Auto zurückzusetzen."

Karlo senkte den Kopf und schloss die Augen. Er atmete ein paarmal tief durch, um sich zu beruhigen.

„Lass uns erst frühstücken", schlug er resigniert vor. „Ich brauche dringend einen Kaffee. Oder zwei."

Während des Frühstücks erklärte Karlo seinem Freund den Grund seines schnellen Aufbruchs. Paul war besorgt.

„Du solltest nichts auf eigene Faust unternehmen", riet er. „Schalte die Polizei ein. Du reitest dich sonst nur tiefer rein. Wer weiß, was das für Leute sind."

„Keine guten, das steht fest. Aber ich muss erst wissen, um was es geht. Auf keinen Fall lass ich mich so einfach von diesen Mistkerlen abkochen."

„Schön und gut, aber was willst du tun?"

„Wenn ich weiß, was die von mir wollen, hole ich Gehring mit ins Boot."

„Der wird dir nichts anderes sagen als ich."

„Kann sein. Aber jetzt lass uns erst einmal was essen."

Karlo schob sich das letzte Stück Brötchen, dick bestrichen mit Pauls selbstgemachter Kirschmarmelade, in den Mund. Er kaute genüsslich, schluckte und sah Paul an. „Das ist ja ein richtiges Suchtmittel. Hättest du ein Gläschen davon übrig?"

„Klar. Wir hatten letztes Jahr Kirschen ohne Ende. Die Zweige haben sich unter der Last der Früchte nur so gebogen. Ich hab bestimmt dreißig Gläser davon gemacht. Ich geb dir zwei Gläser mit."

„Toll, danke, Paul." Karlo war begeistert. Plötzlich veränderte sich sein Gesichtsausdruck. „Sag mal", überlegte er, „deine Nachbarn gegenüber, die haben doch zwei erwachsene Söhne? Die beiden Fußballer."

„Ja, klar."

„Die sind bestimmt beide ziemlich durchtrainiert. Kannst du mal schauen, ob die zu Hause sind?"

„Klar, kann ich machen. Warum?"

„Die können uns vielleicht helfen, mein Auto freizubekommen."

„Warum klingelst du nicht bei Sina und fragst, ob Jeannette vielleicht ..."

Er bemerkte Karlos vergrätzten Gesichtsausdruck und brach ab. „Schon gut", lenkte er ein. „Ich schau nach, ob die Jungs zu Hause sind."

Keine fünf Minuten später dirigierte Karlo die Aktion *Free Granada*.

„So, ihr beiden Kraftmeier", forderte er die Fußballer auf und wies auf Jeannettes rotes Cabrio. „Einer nach rechts vorne, einer nach links. Ganz unten an der Karosserie anpacken. Paul und ich gehen nach hinten. Ihr fangt vorne an das Ding so richtig aufzuschaukeln, wir tun das Gleiche von hinten. Wenn ich das Zeichen gebe, fangt ihr beide an auf einen Ruck zu schieben. So fest es geht. Alles klar?"

Die zwei Sportler hoben die Hand und nickten eifrig, um ihr Einverständnis zu signalisieren.

Der erste Versuch brachte immerhin drei Zentimeter, der nächste zwei. Nach zehn weiteren Versuchen standen vier keuchende Männer, völlig ausgepumpt, auf der Straße. Ihre Augen leuchteten vor Stolz.

„Danke, Jungs", röchelte Karlo. „Jetzt krieg ich die Kiste raus. Ihr habt einen gut bei mir."

„Kein Ding, ist schon in Ordnung", kam es außer Atem zurück. „Haben wir gern gemacht."

„Ha! Ha! Ha! Da müsst ihr schon früher aufstehen, ihr hinterlistigen Weiber!", triumphierte Karlo, als er den ersten Gang einlegte und losfuhr.

Die drei anderen schauten ihm vergnügt hinterher.

–

Als Karlo um die Ecke gebogen war, stand Paul Perlig wieder alleine auf der Straße und zupfte sich nachdenklich am Kinn. Karlo trug fürwahr große Probleme mit sich herum. Es wäre schön, wenn er nicht überdies Ärger mit seiner Lebensgefährtin zu beklagen hätte.

Paul fragte sich, ob er mit Jeannette reden sollte. Er glaubte Karlo, dass Jeannettes Vorwürfe bezüglich seiner Untreue aus der Luft gegriffen waren. Doch dann zögerte er. Karlo wäre es bestimmt nicht recht, wenn er sich in seine Privatangelegenheiten einmischte, und eigentlich ging es ihn auch nichts an.

Er stieß einen tiefen Seufzer aus und lief zur Haustür.

–

„Was, du willst schon fahren?“

Sina wirkte etwas unglücklich. „Bei dem Berg Gepäck, den du dabei hast, bin ich davon ausgegangen, dass du mindestens eine Woche hierbleibst“, scherzte sie matt.

Jeannette beschrieb eine hilflose Geste mit ihrer rechten Hand. „Ich habe ganz sicher keine Lust, Karlo hier über den Weg zu laufen“, erklärte sie. „Er hat sicherlich mein Auto gesehen. Vielleicht ist er mir ja auf gut Glück nachgefahren, um mich wieder zu bequatschen?“

„Oder er ist sauer, weil du ihn zugeparkt hast. Das halte ich für wahrscheinlicher.“

„Na, wie auch immer. Ich danke dir jedenfalls für den schönen Abend gestern.“

„Nichts zu danken.“ Sina winkte ab. „Dann helfe ich dir noch mit deinem Gepäck.“

Als die beiden Frauen um die Kurve liefen, bekamen sie große Augen. Karlos Wagen war weg!

„Das gibt's doch nicht!“ Jeannette war fassungslos. „Wie hat er das gemacht? Da waren keine zwei Zentimeter mehr Platz.“ Dann wich die Enttäuschung über den misslungenen Streich heftigem Misstrauen. „Warum bloß ist er schon weggefahren?“

„Doch enttäuscht?“ Sina lächelte wissend.

„Na ja“, entgegnete Jeannette verlegen, „er hätte schon mal klingeln können.“

Sina lachte auf. „Ich hab gedacht, es nervt dich, dass er dir nachgefahren ist?“

„Vielleicht ist er mir ja gar nicht nachgefahren. Er konnte eigentlich gar nicht wissen, dass ich hier bin.“

„Schwer zu erraten war es aber auch nicht.“ Sina guckte ihre Freundin an. „Was ist los? Dir geht doch irgendwas durch den Kopf, oder?“

Jeannette wiegte den Kopf hin und her. „Mir kommt da gerade eine Idee“, entgegnete sie vorsichtig. Sie räusperte sich verstohlen. „Sag mal, Sina, könnten wir vielleicht für ein paar Tage die Autos tauschen?“

Auf Sinas Stirn bildeten sich tiefe Falten. „Wieso das denn?“

„Weil Karlo meinen Wagen kennt.“

Entrüstet riss Sina die Augen auf. „Jeannette! Sag mir bitte, dass ich mich täusche!“

„Was meinst du?“, versetzte Jeannette unschuldig.

„Du willst Karlo nicht etwa hinterherspionieren?“

Karlos Lebensgefährtin guckte schuldbewusst und senkte ihren Kopf.

„Ich würde ihm ja gerne glauben“, versuchte sie ihrer Freundin zu erklären. „Aber wissen ist eben besser. Komm schon, Sina. Nur für ein paar Tage.“

Sina schaute skeptisch. „Eigentlich kann ich dich ja verstehen. Mein Exmann, das weißt du ja, hat mich auch nach Strich und Faden betrogen. Und ich war die Letzte, die es mitbekommen hat. Trotzdem. Man tut das einfach nicht.“ Sie biss sich auf die Unterlippe. „Außerdem glaube ich nicht, dass Karlo was mit einer Polizistin anfängt.“

„Sina ...“

„Schon gut. Was soll’s. Aber lass dich nicht erwischen. Dann hätte Karlo allen Grund, auf dich sauer zu sein.“

Eine halbe Stunde später fuhr Jeannette mit Sinas brandneuem Wagen, einem dunkelgrünen Skoda, auf die Autobahn Richtung Frankfurt.

Freitagmittag, 22. April
Am Ostpark in Frankfurt

7

Drei Minuten vor eins bog Karlo in die Ostparkstraße ein. Fünfzig Meter nach der Ampel stellte er seinen Wagen auf einen Parkplatz. Die Dippemess war schon über eine Woche vorbei, und so gab es keine Probleme mit der Parkplatzsuche.

Er schob sein Handy in die Jackentasche, stieg aus, schloss die Wagentür ab und schaute sich prüfend um. Eine Frau mit Schäferhund, ein älterer Herr auf einem Fahrrad, zwei schwerfällig watschelnde Nilgänse, die sich vom Park her durchs Gebüsch geschlagen hatten und nun irritiert auf dem Bürgersteig herumtapsten, ein dunkelblauer BMW, der zwanzig Meter weiter einen Parkplatz verließ – sonst war nichts zu sehen.

Karlo fühlte sich nicht wohl in seiner Haut. Er schaute nach rechts, dann nach links und lief zur anderen Straßenseite. In der Mitte der Straße angekommen, meldete sich sein Telefon. Er hob ab.

„Pünktlich wie die Feuerwehr“, kicherte die bekannte Stimme. „So haben wir es gern.“

„Wo bist du?“

„Tja, wo bin ich? Mach einfach, was ich dir sage. Und keine Zicken. Ich seh genau, was du machst.“

„Und was soll ich machen?“

„Lauf jetzt los, Richtung Ostbahnhof, verstanden?“

„Bin ja nicht taub. Gut. Ich laufe. Und jetzt?"

„Dann biegst du den ersten Weg in den Ostpark links rein."

Mit dem Handy am Ohr lief Karlo ein paar hundert Meter, dann erreichte er den Weg, der in den Park führte. Er bog ab und blieb nach einigen Metern stehen.

„Und jetzt?"

„Nach rechts. Bis zur ersten Bank."

„Zur Bank? Und dann? Soll ich sie etwa überfallen?", ätzte Karlo. „Ist aber leider nicht besetzt. Ich glaub, die hat schon geschlossen."

„Hast heute Morgen das Kasperle gefrühstückt, was? Wie schön. Aber dir werden die Witzchen vergehen."

„Mal sehen. Also, jetzt bin ich bei der Bank."

„Der Abfalleimer. Da liegt ein Päckchen drin. Das holst du raus, dann machst du dich zu deiner lila Faschingskarosse, packst das Päckchen aus und siehst dir alles genau an. Es ist alles drin, was du brauchst. Ich warne dich schon mal vor. Du hast bis Freitag, dem 29. April, Zeit. Also genau eine Woche. Wenn der Auftrag dann nicht ausgeführt ist, geht das Video zu den Bullen. Klar?"

„Bist du sicher, dass wir hier nicht eines dieser B-Filmchen für's Nachmittagsprogramm drehen?" Karlos Herz klopfte bis zum Hals vor Ärger. Dann winkte er ab. „Ach, vergiss es, ist egal, ich wollte schon immer mal im Abfall wühlen."

„Letzte Warnung. Ich hab alles gesagt", kam es drohend zurück. „Ab jetzt liegt es bei dir!"

–

Karlo hatte kein gutes Gefühl, als er im Auto saß und das Päckchen öffnete.

Das Erste, das ihm entgegenfiel, war eine Pistole. Beim näheren Hinsehen entpuppte sie sich als eine Glock 17, Kaliber 9 x 19 mit einem 17er Magazin. Das Magazin war voll. Karlo schluckte. Das waren keine Platzpatronen. Sein Herz begann zu rasen. Der Dreckskerl hatte recht. Das hier war tatsächlich kein Spaß mehr.

Er entdeckte außerdem ein Feuerzeug und einen Umschlag. Die Pistole und die Munition warf er zurück in das Päckchen, das er im Fußraum vor dem Beifahrersitz deponiert hatte. Dann riss er den Umschlag auf.

Mit angehaltenem Atem betrachtete er die Fotografie eines Mannes. Karlo fragte sich, ob die kurzgeschorenen schwarzen Haare möglicherweise gefärbt waren. Sie wollten überhaupt nicht zu dem blassen Gesicht passen, das ihm von dem Foto entgegensah. Hager, mittleres Alter, vielleicht dreißig bis vierzig Jahre alt.

Seltsam, irgendwie kam ihm dieser Mann bekannt vor. An irgendjemand erinnerte er ihn. Er überlegte hin und her, doch er kam zu keinem Ergebnis.

Ein DIN-A4-Computerausdruck mit Anweisungen war das Letzte, das er aus dem Umschlag zog. Sein Gesichtsausdruck verdunkelte sich, als er las.

Dominik Nowitzky, letzte Meldeadresse am Röderbergweg 32, Frankfurt am Main. Du wirst diesen Mann für uns erledigen. Es ist uns egal, ob du das mitten auf der Zeil machst, ihn dazu in den Stadtwald lockst oder ihn zu Hause im Schlaf erschießt. Das ist deine Aufgabe.

Karlo schluckte schwer.

Wieder klingelte das Telefon.

„Hast du das Feuerzeug gesehen?“

„Ja.“

„Präge dir alles gut ein. Dann verbrennst du den Zettel. Das machst du neben deinem Wagen, und zwar so, dass ich es sehen kann. Du kannst dir hoffentlich alles merken."

„Bin ja nicht senil."

„Schön für dich." Der Fremde legte wieder auf.

Karlo las den Zettel noch einmal durch, prägte sich Namen und Adresse ein, dann schnappte er sich das Feuerzeug und stieg aus.

Er schaute sich nach allen Richtungen um. Niemand Verdächtiges zu sehen. Er spähte über die Wiese zu den einige hundert Meter entfernten Wohnhäusern. Vielleicht stand da jemand am Fenster und beobachtete ihn mit dem Fernglas. Keine Chance, jemand zu entdecken.

Und doch wurde er beobachtet.

Er knipste das Feuerzeug an und steckte den Zettel in Brand. Kurz darauf blies der leicht aufkommende Wind die Asche über die Straße.

Was hatte der Mann gemacht, dass ihn jemand loswerden wollte?

Eine Gänsehaut rieselte über Karlos Rücken. Das war wirklich ein schlechter Film.

Ein sehr schlechter Film.

Was sollte er bloß tun?

Freitagnachmittag, 22. April
Frankfurt-Fechenheim

8

Georg Gehring saß in seinem Büro im ersten Stock des Häuschens in der Birsteiner Straße in Fechenheim, das er seit einigen Jahren zusammen mit seiner Frau Martina bewohnte.

Erst kürzlich hatte er einen Fall abschließen können. Karlo Kölner hatte ihn dabei tatkräftig unterstützt, und es war alles zu einem guten Ende gekommen.

Mehr oder weniger.

Nun überlegte er, ob er seine Frau mit einem Kurzurlaub überraschen sollte. Dazu suchte er im Internet nach passenden Hotels in verschiedenen Gegenden Deutschlands. An der Küste waren sie noch nie gewesen, vielleicht wäre das etwas für Martina? Die Nord- oder lieber die Ostsee? Sollte er einfach buchen oder vorher mit ihr reden? Aber dann wäre es ja keine Überraschung mehr.

Das Telefon befreite ihn von seinen Überlegungen.

„Gehring, hallo?“

„Kölner hier. Herr Gehring, sind Sie zu Hause?“

„Was glauben Sie, wo Sie angerufen haben?“

„Na, bei ... ja, ach, Sie haben ja recht. Schon gut. Alles klar. Ich bin ein wenig durcheinander heute.“

„Sie sollten nach dem Stress des letzten Falls ein wenig Urlaub machen, Herr Kölner. Das habe ich auch vor. Was kann ich für Sie tun?“

„Sie wollen – Urlaub machen?“ Für Gehring klang das etwas – wie sollte man sagen – unglücklich.

„Alles in Ordnung, Herr Kölner? Sie hören sich bedrückt an. Was ist denn los?“

„Ich habe ein Problem.“ Karlo zögerte. „Also, ich meine, ein richtiges Problem. Oder eher: ein großes Problem.“

„Wie groß ist es denn?“

„Sehr.“

„So groß, dass Sie mich bitten würden, meinen Urlaub um eine Woche zu verschieben?“

„Nun, es ist so: Ich stecke richtig in der Scheiße.“

„Wann können Sie hier sein?“

„In zwanzig Minuten, ist das recht?“

„Ich stell schon mal Kaffee auf. Bis gleich.“

Martina Gehring hatte die ganze Zeit unbemerkt in der Tür gestanden. „Du willst in den Urlaub fahren?“, frohlockte sie, um dann gleich gespielt zu schmollen: „Und irgendjemand hat etwas dagegen.“

Gehring zuckte mit den Schultern. „Eigentlich sollte es eine Überraschung werden. Ich dachte, vielleicht fahren wir ein paar Tage an die Küste. Da waren wir noch nie.“

„Das wäre schön. Aber?“

„Genau – aber. Herr Kölner hat gerade angerufen. Er steckt in Schwierigkeiten. Und ich glaube, er zählt auf meine Hilfe.“

„Dann hör dir einfach an, was er zu sagen hat. Die Nordsee trocknet nicht in den nächsten drei Wochen aus.“

„Du bist ein Schatz.“

„Ich weiß.“

„Woher?“

„Na, du sagt es mir ständig."

„Ach, Schatz ..."

„Ja?"

„Könntest du Herrn Kölner und mir eine Kanne Kaffee machen? Er wird gleich hier sein."

„Könnte ich." Sie lächelte listig.

„Und, tust du es?"

„Ja, gerne."

„Du bist ein Schatz."

„Ich weiß."

Gehring lehnte sich behaglich zurück, als Martina das Büro verließ. Ein Glücksgefühl durchströmte ihn.

Er liebte diese Frau.

Dann wurde er ernst.

Welches Ungemach Karlo Kölner wohl mitbrachte?

Freitagnachmittag, 22. April
Frankfurt-Fechenheim

9

Während seines Berichts hatte Karlo drei Tassen Kaffee getrunken. Gehring hatte ihm aufmerksam zugehört und ihn nicht unterbrochen.

Karlo hatte seine Erläuterungen mit Jeannettes Eifersuchtsszene begonnen. Er beichtete Gehring, wie er in diese dubiose Kneipe gelangt war, schilderte seine Auseinandersetzung mit dem Baron und spielte dem Ex-Kommissar das Video vor.

Als Gehring auch noch das Foto von Dominik Nowitzky in der Hand hielt, dem Mann, den Karlo ermorden sollte, wurde ihm die ganze Tragweite von Karlos Schwierigkeiten klar. Er blickte Karlo über den Rand des Fotos an.

„Glauben Sie, dass der sogenannte Baron wirklich tot ist?"

„Welche Rolle spielt es, was ich glaube?"

„Keine. Deshalb sollten Sie zur Polizei gehen."

„Hören Sie, Herr Gehring, ich habe keine Lust, wieder ins Gefängnis zu gehen."

Gehring versuchte ihn umzustimmen. „Die Polizei kann versuchen, etwas über die betreffenden Personen zu erfahren. Und dann ..."

„Sie könnten Kommissar Reichard anrufen."

„Das kann ich Harald nicht zumuten. Hier geht es immerhin um ein Tötungsdelikt. Wenn rauskommt, dass er hinter dem Rücken des Teams ermittelt, hat er ein Problem. Hier geht es nicht um Ladendiebstahl."

„Das ist mir auch klar. Ich hab mich gefragt, wenn der Baron tot ist, muss er doch trotzdem irgendwo sein. Eine Leiche legt man ja nicht in die Vorratskammer. Normalerweise. Wenn diese Erpresser vorhaben, dieses Spiel zu Ende zu spielen, brauchen sie die Leiche."

„Genau. Und wenn ich Ihren Gesichtsausdruck richtig deute, haben Sie beschlossen, diese Leiche zu finden."

Karlo zuckte unentschlossen mit den Schultern. Gehring fuhr fort. „Und? Wenn Sie die Leiche gefunden haben – vorausgesetzt, es gelingt Ihnen – was wollen Sie dann tun? Den Toten verschwinden lassen? Wissen Sie eigentlich, was das heißt?"

„Sagt ja keiner, dass ich das vorhabe. Aber ich habe nur eine Woche Zeit. Wenn dann der Mann auf dem Foto, dieser Nowitzky, noch lebendig herumläuft, bin ich geliefert. Dann spielen die das Video der Polizei zu."

„Was wollen Sie tun? Den Mann wirklich erschießen?"

„Jetzt hören Sie aber auf, Herr Gehring. Wir müssen den Mann aus der Schusslinie bringen. Im wahrsten Sinne des Wortes. Ich brauche Zeit, um zu überlegen."

Plötzlich sprang Karlo auf. „Ich muss los, Herr Gehring. Ich habe da eine Idee. Unternehmen Sie erst einmal nichts. Ich melde mich morgen wieder bei Ihnen. Danke für den Kaffee."

„Aber, Herr Kölner, bitte warten Sie doch ..."

Doch Karlo war schon auf dem Weg nach unten. Gehring hörte die Haustür zuschlagen, wenig später fauchte die Martinelli-Anlage des Granadas auf.

In der Mittelseestraße vor Jeannettes Wohnung angekommen, schaute er sich um. Jeannettes Wagen war nicht zu sehen, sie schien immer noch nicht zu Hause zu sein. Das passte gut, denn zuerst musste er in Ruhe telefonieren.

Er griff in die Innentasche seiner Jacke und zog einen Zettel hervor. Er gab die Nummer ein und lauschte dem Freizeichen.

–

Kommissarin Conny Katzenbach hatte es sich auf ihrem Sofa gemütlich gemacht. Im Fernsehen lief die Sportschau. Sie liebte Fußball, es war jedoch einer der langweiligeren Spieltage. Überdies hatte sie Hunger.

Als das Telefon klingelte, hoffte sie auf eine willkommene Abwechslung. Sie hob ab und drückte das Mobilteil ans Ohr.

„Hallo, Frau Katzenbach", säuselte es ihr entgegen. Sie runzelte die Stirn. „Wer ist denn da?"

„Hier ist Karlo Kölner."

„Herr Kölner – ich meine Karlo! Was kann ich für Sie tun?"

Das klang nicht gerade überschwänglich. Karlo rutschte das Herz in die Hose. Konnte es sein, dass er die letzten, meist beruflichen, Zusammentreffen überbewertet hatte?"

„Ach, Conny", stammelte er, „ich fand gerade Ihre Telefonnummer. Da dachte ich, äh ...", er brach verlegen ab.

Ein spöttisches Lachen kam ihm entgegen. „Da dachten Sie, Sie rufen mal bei der Polizei an, ob sich nicht jemand findet, den Sie zum Essen einladen können."

Karlo verschluckte sich fast an der eigenen Spucke. „Nun, ja, wie kommen Sie denn darauf? Ich meine – ja, so in etwa könnte es sein." Er fasste mehr Mut. „Also, was ich meine, ist: Haben Sie denn schon zu Abend gegessen?"

„Habe ich?", sie schien zu überlegen. „Nein, habe ich nicht. Im Gegenteil, ich habe Hunger wie ein Wolf."

Karlo fühlte sich wieder in der Spur. „Wie ein Wolf? Vielleicht sogar ein Werwolf? Muss sich ein Unschuldslamm, wie ich es bin, deshalb Sorgen machen?"

„Keine Angst, Karlo. Diejenigen, die von mir vernascht wurden, leben alle noch. Mehr oder weniger. Wo wollen wir uns treffen?"

Karlo schluckte erneut. Und sein Herz klopfte.

Doch er nahm sich fest vor, nichts Ungehöriges zu tun. Er wollte Jeannette keinesfalls verlieren.

So lautete der Vorsatz.

Freitagabend, 22. April
Frankfurt-Fechenheim

10

Als Jeannette Müller in die Mittelseestraße einbog, war es wie immer: Es gab kaum eine Chance, einen Parkplatz zu ergattern. Karlos Granada parkte allerdings direkt vor der Haustür. Jeannette schüttelte misslaunig den Kopf, als sie an dem lilafarbenen Wagen vorbeifuhr. *Natürlich, dieser Egoist mal wieder*, dachte sie. Postwendend bemerkte sie den Egoismus, den sie gerade selbst entwickelte. Doch dann, zu ihrer Überraschung, hatte sie Glück: Etwa hundert Meter von ihrer Wohnung entfernt fand sie einen Parkplatz.

Sind ja bloß hundert Meter, besänftigte sie sich selbst. Es gab Leute, die diese Distanz unter zehn Sekunden zurücklegten.

Trotzdem, schoss es ihr ärgerlich durch den Kopf.

Wie sollte sie sich verhalten? Wenn sie nach oben ginge, würde sie auf Karlo treffen. Dann würde es bestimmt Diskussionen geben. Grund dafür gab es genug. Sie hatten beide in Hofbieber Gelegenheit gehabt, von der Anwesenheit des anderen zu erfahren. Doch keiner hatte sich bemüßigt gefühlt, sich beim anderen zu melden. Das war genügend Stoff für ein Streitgespräch.

Dann gab es noch die Geschichte mit dem Zuparken von Karlos Wagen. Ärger über sich selbst erfüllte Jeannette. Sie hatte sich ins Unrecht gesetzt. Diesen Vorteil hatte sie ihm höchstselbst serviert. Wobei sie liebend gerne gewusst hätte, wie er es geschafft hatte, aus der Parklücke rauszukommen. Nun ja, Karlo war ein alter Fuchs, und beinahe fühlte sie so etwas wie Stolz auf ihren Lebensgefährten. Doch dann schüttelte sie energisch den Kopf. Nein, diesen Stolz hatte er nicht verdient. Was fing er auch ein Techtelmechtel mit dieser Polizistin an? Noch vor zehn, zwölf Jahren hätte Karlo selbst herzlich gelacht über eine solche Möglichkeit.

Dann schloss sie die Augen. Was aber, wenn sie Unrecht hatte? Und Karlo wirklich nichts mit der Katzenbach hatte? Eigentlich konnte sie sich über Karlo nicht beschweren. Er war sehr charmant zu ihr. Oft glaubte sie zu spüren, dass er sie wirklich liebte. Und durch seine Detektivarbeit, die er gemeinsam mit Gehring betrieb, hatte er in den letzten Monaten immer gutes Geld verdient und lag ihr nicht mehr auf der Tasche, wie noch vor einigen Jahren.

Ein unangenehmer Verdacht schlich sich in ihre Gedanken: War etwa *sie, Jeannette,* das Miststück in diesem Spiel?

Plötzlich tat ihr Karlo leid. Sie hatte keinerlei Beweise. Nicht der kleinste Hinweis trübte Karlos beziehungstechnische weiße Weste. Zumindest nicht gegenwärtig.

Setzte sie gerade leichtfertig ihre Beziehung aufs Spiel? Das wollte sie bestimmt nicht, nein. Sie war zwar eifersüchtig, doch gerade diese Eifersucht, so unschön und quälend sie für beide war, bewies, dass ihr etwas an Karlo lag. Jeannette gab sich einen Ruck.

Sie würde jetzt ihr Gepäck schnappen, nach oben gehen, sich bei Karlo entschuldigen und ihn heute Abend zum Essen einladen. Sie atmete tief durch und fühlte sich schon besser. Bestimmt würde es ihm gefallen, mal wieder nach Offenbach, ins *Markthaus* am Wilhelmsplatz zu gehen. Da käme er seit langer Zeit wieder in den Genuss seines geliebten Sauerbratens, dachte sie mit etwas schlechtem Gewissen. Oder auch eines Kartoffelkloßes, gefüllt mit Leberwurst auf Sauerkraut mit Specksoße.

Der Kloß in ihrem Hals war schon beinahe verschwunden.

Es war die einzig richtige Entscheidung, Punkt! Sie zog den Zündschlüssel ab und wollte aussteigen.

In diesem Augenblick öffnete sich die Haustür und Karlo trat auf die Straße.

Jeannette bekam große Augen.

Er trug seine neueste dunkelblaue Jeans, an den Füßen glänzten seine brandneuen schwarzen Slipper. Das schmalgeschnittene anthrazitfarbene Hemd machte sich gut unter dem schwarzen Kaschmirsakko, das er normalerweise nur bei besonderen Anlässen trug. Karlo war eher der Lederjackentyp.

Was zum Teufel hatte der Kerl vor? Sie kniff die Lippen zusammen, ihre Augen verengten sich zu schmalen Schlitzen.

Und der Kloß in ihrem Hals wurde wieder dicker.

Als Karlo an ihr vorbeifuhr, legte sie sich auf die Seite, damit er sie nicht zufällig entdecken konnte. Sie hoffte, dass ihm Sinas Wagen nicht auffiel, doch der Wagen war neu, und Karlo konnte ihn eigentlich gar nicht kennen.

Schnell band sie ihre auffälligen blonden Haare nach hinten, um nicht sofort von Karlo im Rückspiegel erkannt zu werden. Dann startete sie den dunkelgrünen Wagen und folgte Karlo in einigem Abstand.

Karlo befuhr die Dieburger Straße mit vorschriftsmäßigen 30 km/h, um nicht in eine Radarfalle zu geraten. Am

Ende der Dieburger steuerte er nach links und chauffierte sein lila Gefährt über die Carl-Ulrich-Brücke nach Offenbach. Der Kaiserstraße folgend, erreichte er die Berliner, in die er dann wieder links einbog.

Danach führte Karlos Weg rechts in die Straße, die sich kurioserweise Marktplatz nennt, obwohl der schöne Wochenmarkt in Offenbach auf dem Wilhelmsplatz abgehalten wird. Der Platz, auf dem auch das *Markthaus* zur Einkehr einlädt, die Kneipe, die Jeannette heute mit Karlo besuchen wollte.

Auf dem Wilhelmsplatz fand Karlo schließlich eine Parkgelegenheit. Jeannette hatte ebenfalls Glück. Sie stellte sich zwei Reihen dahinter, direkt neben einen Kleinbus, der ihr einen gewissen Sichtschutz vor Karlos aufmerksamen Blicken bot. Ein schlaues Grinsen erschien auf ihrem Gesicht. Wer war denn nun der Detektiv? Karlo oder sie?

Üble Vorahnungen plagten sie, als sie beobachtete, wie er in seinen neuen schwarzen Slippern Richtung Markthaus stiefelte.

Das schwarze Sakko wirkte sehr elegant an Karlos schlanker, drahtiger Figur.

Der Kloß in Jeannettes Hals wuchs noch mehr.

Vor der Tür fuhr sich Karlo noch einmal durch die Haare, schaute prüfend in eines der Fensterchen an der verglasten Tür, dann trat er ein.

Jeannette wurde immer unruhiger. Was hatte er vor? Sie bekam Magenschmerzen. Nach dem Aussteigen verriegelte sie den Wagen ihrer Freundin und blieb zögernd stehen. Mit einem Mal wurde sie unsicher. Wie sollte sie bloß weiter verfahren?

Sie stellte sich sein Gesicht vor, wenn sie in die Kneipe

käme, sich wie selbstverständlich zu ihm an den Tisch setzte und einfach sagen würde: „Schön, dass du mich mal wieder zum Essen einlädst."

Doch was, wenn er nicht alleine war? Wenn vielleicht sogar eine Frau im Spiel war? Am Ende noch diese Katzenbach? Auf eine Auseinandersetzung in der Öffentlichkeit hatte sie keine Lust.

Möglicherweise hatte er ein geschäftliches Treffen? Wie konnte sie das wissen? Doch warum stiefelte er dazu dermaßen elegant durch die Gegend? Traf er sich mit einem wichtigen Klienten? Aber warum war dann Gehring nicht dabei?

Die kleine blonde Frau war verzweifelt. Der schleimige grüne Eifersuchtsteufel hielt sie wieder fest in seinen gierigen Händen.

Sie beschloss hastig, unauffällig durch ein Fenster zu spicken, um zu sehen, ob er wirklich alleine war. Dann wollte sie entscheiden, was zu tun sei.

Wie ferngesteuert ging sie los.

Zuerst hörte sie nur das Geboller des Zweizylindermotors. Wenige Sekunden später erspähte sie die Triumph Thruxton, die auf den Wilhelmsplatz auffuhr und direkt neben dem Markthaus zum Stehen kam. Eine Frau in schwarzer Lederkluft stieg ab, ließ die Maschine lässig auf den Seitenständer kippen und zog den hellblauen Helm vom Kopf.

Jeannette erstarrte zur Salzsäule.

Die Katzenbach.

Also doch!!!

Freitagabend, 22. April
Offenbach am Main

11

Die Frau mit den kurzen schwarzen Haaren blickte den völlig in Gedanken versunkenen Mann belustigt an.

„Nun, Karlo?", ulkte sie, „so elegant heute? Erwarten Sie noch jemand Wichtiges? Oder waren Sie auf einer Beerdigung?"

Karlo schrak aus seinen Gedanken hoch. Als er Conny Katzenbach erblickte, sprang er wie elektrisiert auf, und eine dunkle Röte schoss ihm ins Gesicht.

Tief in sich versunken hatte er darüber nachgedacht, wie er am besten vorgehen sollte, um die hübsche Kommissarin davon zu überzeugen, ihm zu helfen. Wie viel von seiner Geschichte konnte er ihr erzählen, ohne Gefahr zu laufen, die Polizei an den Hals zu bekommen, wenn sie sein Spiel nicht mitspielte?

Er hielt ihr die Hand hin und versuchte seine Verlegenheit zu überspielen. „Ach das", kicherte er, breitete die Arme nach dem Händeschütteln aus, schaute an sich herunter, zupfte an seinem Sakko und grinste sie an. „Das sind meine neuen Detektivklamotten. Man fällt nicht so auf in gedeckten Farben."

„Dann sollte aber Ihr hübsches Köpfchen nicht so auffällig leuchten. Darf ich Sie Osram nennen?"

„Bitte nicht", entfuhr es ihm hastig. „So wird doch schon

Jupp Heynckes genannt. Entschuldigung, Sie wissen wahrscheinlich nicht ..."

„Na also, jetzt aber!", entrüstete sich die Katzenbach. „Natürlich weiß ich, wer das ist. Und warum er so genannt wird. Er ist aber nicht mehr so beliebt bei den Eintracht-Fans, oder?" Sie legte den Kopf schräg, als sie mit leichter Ironie fortfuhr. „Vor allem bei den älteren."

Karlo überhörte die letzte Äußerung pikiert. „Alle Achtung, Sie wissen Bescheid. Ja, die Fan-Seele, die vergisst niemals. Zum Glück ist dieses Kapitel schon lange zugeschlagen." Karlo guckte streng. „Allerdings nicht so lange, dass ich mich Osram nennen lassen würde. Und jetzt lassen Sie uns dieses Thema begraben. Wir befinden uns hier, zumindest sportlich gesehen, im Feindesland."

Er blickte sich verschwörerisch um. „Aber ich hab nichts gegen die Kickers", fügte er noch an. „Ich wäre froh, wenn der OFC wieder in der ersten Bundesliga spielen würde." Ein breites Grinsen erschien auf seinem Gesicht. „Da hätte die Eintracht schon mal sechs Punkte sicher."

„Schöner Gedanke. Also einverstanden, nicht Osram", lenkte Conny Katzenbach ein. „Darf ich mich setzen?"

„Es wäre mir eine Freude, Conny, Sie als Gast an meinem Tisch zu begrüßen", versetzte Karlo salbungsvoll.

Die Kommissarin musste lachen. „Sie sind irgendwie süß, Karlo."

Karlo überspielte seine aufkommende Verlegenheit. „Das hat mir noch nie jemand gesagt", flüsterte er gespielt traurig. „Erzählen Sie das aber bloß nicht weiter. Ich habe schließlich einen schlechten Ruf zu verlieren."

„Keine Angst. Leute mit gutem Ruf interessieren mich nicht sonderlich."

„Deshalb sind Sie zur Polizei gegangen? Um böse Jungs kennenzulernen?“

„Dazu muss ich nicht bei der Polizei sein. Das krieg ich auch so hin.“ Sie schaute ihn bewertend an. „Wie man sieht.“ Dann nahm sie Platz und rief nach der Bedienung.

Fünf Minuten später studierte das ungleiche Paar die Speisekarte.

Karlo aß mit großem Vergnügen. Sauerbraten mit Rotkohl, Klößen und Apfelkompott – das hatte er ewig lange nicht mehr gegessen. Jeannette graulte sich vor dem intensiv säuerlichen Geruch, der sich bei der Zubereitung in der Wohnung breitmachte. Und so gab es eben keinen Sauerbraten. Schade. Karlo seufzte und schaute Conny Katzenbach verstohlen zu, wie sie sich ihren Kartoffelkloß, gefüllt mit Leberwurst auf Sauerkraut mit Specksoße und Apfelkompott, schmecken ließ. Auch mit diesem Gericht war Jeannette keine Begeisterung zu entlocken.

Karlo hatte der Polizistin den Kloß empfohlen, eigentlich nur, um zu sehen, wie sie reagierte. Sie aber war begeistert gewesen, und so, wie es aussah, schmeckte es ihr tatsächlich.

„Wissen Sie, Karlo, das habe ich schon einige Jahre nicht mehr gegessen.“

„Sie kennen das?“

„Ja, natürlich. Ich bin im Saarland geboren. Ich bin lediglich wegen meines Berufs nach Frankfurt gekommen. Der Leberwurstkloß begegnet einem im Saarland immer mal wieder.“

„Ach was, das wusste ich gar nicht.“

„Wie auch. Wir kennen uns ja kaum.“

„Das stimmt,“

„Tja ...“

Das Gespräch kam irgendwie ins Stocken. Das lag natürlich auch am guten Essen. Man kann eigentlich nur eines richtig tun: gut essen oder gescheit daherreden, dachte Karlo. Das Phänomen des Multitaskings sollte man während einer guten Mahlzeit besser nicht bemühen, entschied er grüblerisch. Entweder man schenkt seinem Gegenüber ein gebührendes Interesse, oder man adelt die Arbeit des Kochs durch entsprechende Aufmerksamkeit beim Verzehr der Köstlichkeiten. Man muss sich entscheiden, wie so oft.

Klappt nur nicht immer.

Er dachte an Jeannette.

Wieder streifte sein Blick die hübsche Kommissarin. Es sah irgendwie – nett aus, wie sie mit anmutigem Geschick den Kloß mit Messer und Gabel zerteilte.

Conny ...

Jeannette ...

Conny!

Jeannette!

Karlo riss sich zusammen und trank sein alkoholfreies Bier aus. In Gegenwart einer Polizistin Alkohol zu trinken und danach ins Auto zu steigen, das traute er sich dann doch nicht. Er redete sich ein, er tue das, um Frau Katzenbach nicht in einen Gewissenskonflikt zu stürzen.

„Hei, das hat gutgetan. Das hat geschmeckt. Ihr Sauerbraten auch, Karlo?“

„Hat man das nicht gehört?“

„Wenn Sie es in dieser Hinsicht mit dem alten Martin Luther halten – nein, mir ist nichts aufgefallen.“

Karlo lachte. „Ich liebe Frauen mit Humor."

„Und ich liebe lustige Männer. Viele sind leider nur lächerlich."

„Na, na, sind Sie da nicht ein wenig zu streng mit unserem Geschlecht?"

„Vielleicht. Mag sein." Mit einem Mal umwölkte sich ihre Stirn. Sie schaute Karlo fordernd an. „So, jetzt mal raus damit: Warum haben Sie mich angerufen?"

Karlo war wie vom Donner gerührt. Gerade suchte er einen behutsamen Einstieg, um auf das Thema zu kommen, das ihm auf den Nägeln brannte, da fiel sie mit der Tür ins Haus. Was für eine Frau!

„Gute Verhörtaktik, Frau Kommissarin", konterte er.

„Wäre denn ein Verhör nötig?"

„Das müssen Sie entscheiden. Kommt darauf an, um was es geht."

„Sagen Sie es mir."

„Ich wollte Sie zum Essen einladen."

Sie lachte. „Das glaube ich Ihnen sogar. *Irgendwann* hatten Sie das vor. Und das freut mich auch. Wirklich." Sie blinzelte ihm zu. „Aber da ist noch etwas Anderes. Der wahre Grund Ihres heutigen Anrufs." Sie schaute Karlo ermunternd an. „Na, los!", befahl sie.

„Okay", entschied sich Karlo. „Die Sache ist die: Ich brauche, nun, wie soll ich sagen, ich brauche Hilfe. Aber bevor ich die ganze Geschichte erzähle, müsste man etwas überprüfen. Oder besser: jemanden. Damit ich mir ein Bild machen kann, um zu entscheiden, wie es weitergehen muss."

„Aha. Und da haben Sie an mich gedacht."

„Ja. Sie haben doch im Kommissariat mit Erpressung, Entführung und so zu tun, oder?"

„Nicht mehr. Ich bin jetzt beim K11."

„Beim Mord?"

„Genau."

„Dann arbeiten Sie jetzt mit Reichard und Schönhals zusammen", stellte Karlo fest.

„Richtig. Ach, genau. Stimmt ja. Sie kennen die beiden. Und warum haben Sie nicht *die* nach Hilfe gefragt?"

„Weil ich *Sie* gerne zum Essen einladen wollte und nicht Schönhals. Ich wollte ein angenehmes Gespräch und keine Krankengeschichte."

Conny Katzenbach lachte. Sie hatte den hypochondrischen Hauptkommissar, der fortwährend mit eingebildeten Krankheiten aufwartete, bereits kennengelernt. „Kann ich nachvollziehen", zeigte sie Verständnis. „Dann legen Sie mal los."

„Dominik Nowitzky." Er legte eine Kopie der Fotografie aus dem Umschlag auf den Tisch. In einem Bürohandel auf der Hanauer Landstraße hatte er auf dem Nachhauseweg einige Fotokopien anfertigen lassen.

Conny Katzenbach nahm die Kopie in die Hand und betrachtete sie aufmerksam.

„Was ist mit dem?"

„Das weiß ich nicht."

„Und?"

Karlo schaute treuherzig. „Ich würde Sie bitten, das für mich herauszufinden."

„Was genau wollen Sie wissen?"

„Na ja, das Übliche eben. Ist das ein Kunde von Euch? Wenn ja, warum? Vielleicht noch: Hat er schlechten Umgang? Wenn ja, welchen? Oder ist er ein unbeschriebenes Blatt? Was ich allerdings nicht glaube."

„Das ist nicht gerade wenig. Dazu brauche ich eine protokollierte Aussage. Außerdem kann ich Ihnen nicht einfach …“

Karlo winkte ab. „Habe ich mir schon gedacht. Es geht aber noch weiter.“

„Wie, das war noch nicht alles?“

„Leider nein. Sie müssten auch einmal schauen, ob es beim Namen *von der Hatz* irgendwo klingelt.“

„Von der Hatz? Vorname?“

„Hat er nicht. Ich meine, hab *ich* nicht von ihm.“

„Sonst noch was?“ Die Katzenbach wirkte plötzlich gestresst.

„Ja. Es muss ziemlich schnell gehen. Ich habe nur eine Woche Zeit.“

„Zeit wofür?“

Karlo senkte den Kopf und schwieg.

Die Polizistin schenkte sich den Rest Apfelsaft in ihr Glas, dann stellte sie die Flasche hart auf den Tisch.

„Wir machen es so: Ich versuche, etwas über die Herren rauszubekommen. Wenn ich nichts finde, gibt's die Auskunft ohne Gegenleistung. Wenn doch, kriegen Sie die Info nur im Tausch gegen Ihre Geschichte. Sonst geht gar nichts, klar? Montagabend, wieder hier?“

„Ja, gut, so machen wir es“, willigte Karlo schnell ein. Dann versuchte er, das Thema zu wechseln. „Noch etwas Süßes?“

„Was denken Sie von mir, Karlo? Natürlich!“

Nach einer wunderbaren Kokos-Panna Cotta mit Mangosoße und jeweils einer Tasse Kaffee verließen die beiden das Markthaus. Karlo begleitete die Kommissarin zu ihrem Motorrad. Als sie es ereicht hatte, drehte sie sich zu ihm. Karlo kam einige Zentimeter vor ihr zum Stehen.

Irgendwie einige Zentimeter zu nah.

Und doch irgendwie nicht nah genug.

Plötzlich spürte er eine fordernde Berührung an der rechten Hüfte. Die Polizistin zog ihn näher an sich.

Karlo hielt die Luft an. Er schaute Conny Katzenbach in die Augen. „Ist das eine Verhaftung?“, flüsterte er.

Er spürte ihre andere Hand an seinem Rücken. „Keine Verhaftung“, ihre Stimme bekam ein raues Timbre, „lediglich eine vorübergehende Festnahme.“

Karlo fasste ihr um die Taille und schloss die Augen.

„He, Sie da!“, kreischte eine brüchige Stimme. „Ja, Sie! Hörn Sie mal, Frolleinsche! Sie könne Ihr Mopped awwer hier net stehe lasse. Sie versperrn ja den ganze Dorschgang zum Macktblatz!“

Erschrocken fuhren die beiden auseinander. Eine hutzelige alte Dame mit einer vierrädrigen Gehhilfe schoss an ihnen vorbei, als wäre Rollatorfahren eine olympische Disziplin.

Zur Hölle!

Plötzlich konnte Karlo Paul Perligs Schwierigkeiten, seine Nachbarin Sina Mehler näher kennenzulernen, verstehen. Solche und ähnliche Situationen hatte der arme Paul schon öfter erleben müssen.

Paul tat ihm plötzlich leid.

Zwei Minuten später lauschte er dem kernigen Geboller des englischen Krades enttäuscht hinterher.

Karlo schlenderte entspannt über den Wilhelmsplatz Richtung Bleichstraße und betrachtete die Häuser und Kneipen.

Er war einige Zeit nicht mehr hier gewesen. Morgen war Markt, vielleicht sollte er sich Jeannette schnappen, mit ihr hierher fahren und mal wieder was Gutes zum Selberkochen besorgen.

Zuerst sah er das Fuldaer Nummernschild. Dann registrierte er die grüne Farbe des Skodas. Aus den Augenwinkeln sah er die blonde Frau hinter dem Steuer.

Das war doch Jeannette!

Oder?

Was hatte Jeannette mit einem grünen Fuldaer Wagen zu tun? Natürlich nichts. Er musste sich getäuscht haben, natürlich.

Trotzdem. Wenn das Jeannette gewesen sein sollte – was würde das bedeuten? Nun, sie war zur gleichen Zeit in Offenbach wie er. Da stellte sich natürlich die Frage: War das Zufall oder ... ja was, eigentlich? War sie ihm gefolgt? Aber woher sollte sie wissen, dass er nach Offenbach gefahren war? Oder fahren wollte? Und was war das für ein Wagen, in dem sie saß?

„Ach, so ein Quatsch!“, raunzte er laut. Die ältere Dame, die an ihm vorbeilief, schaute ihm zweifelnd hinterher.

Er würde jetzt nach Hause fahren und die Lage checken. Vielleicht war Jeannette schon zu Hause? Nein, wahrscheinlich weinte sie sich noch in der Rhön bei ihrer Freundin Sina aus.

Freitagabend, 22. April
Frankfurt-Fechenheim

12

Karlo bog in die Mittelseestraße ein. Auf den ersten Blick erkannte er, dass es schlecht aussah mit freien Parkplätzen. Er drehte einige Runden durch die umliegenden Straßen, schließlich wurde er *Am Hennsee* fündig, etwa zweihundert Meter von der Kreuzung mit der Mittelseestraße entfernt.

Nachdem er ausgestiegen war, verschloss er den Wagen und ging los. Wenige Schritte später sah er den grünen Skoda.

Mit Fuldaer Nummer.

Er blieb stehen und besah sich das Fahrzeug. War es das Auto, das ihm eben noch in Offenbach entgegengekommen war? Karlo überlegte fieberhaft. *Wenn* es Jeannette war, die ihm entgegengekommen war, und *wenn* sie schon wieder aus der Rhön zurück war, konnte das nur eines bedeuten: Sie war mit Sinas Wagen hier. Aber warum? Die Antwort auf diese Frage lag auf der Hand. Sie wollte nicht erkannt werden. Vor allem nicht von ihm.

Vermutlich war sie ihm gefolgt. Hatte sie ihn auch mit der Katzenbach gesehen? Nichts sprach dagegen.

So ein verfluchter Mist!

Dies war das perfekte Wasser auf ihre laut klappernde Eifersuchtsmühle. Hoffentlich hatte sie ihn nur am Anfang beobachtet und nicht beim Abschied, als er der Kommissarin gefährlich nah gekommen war.

Obwohl – es war gar nichts passiert.

Karlo stimmte innerlich ein Loblied auf die alte Frau mit dem Rennrollator an. Wäre sie nicht gewesen, die Abschiedsszene wäre um einiges pikanter ausgefallen.

Glück gehabt. Erst einmal.

Trotzdem, er musste vorbereitet sein. Natürlich würde Jeannette ihm unter die Nase reiben, dass sie ihn mit einer anderen Frau im Restaurant gesehen hatte. Mit allem, was sie sich dabei denken mochte. Ein Riesenkrach war somit vorprogrammiert.

Das durfte er nicht zulassen.

Wenn sie ihm glauben sollte, musste er ihr zuvorkommen. Sie durfte keine Chance bekommen, Fragen zu stellen. Er würde ihr zudem das Eine oder Andere offenbaren müssen.

Schnell zog er sein Handy hervor und wählte Jeannettes Nummer. Als hätte sie seinen Anruf erwartet, hob sie sofort ab.

„Ja!!!???“

Alle Verachtung der Welt, sämtliche Katastrophen der vergangenen Jahre waren in diese zwei Buchstaben gelegt. Karlo lief es heiß und kalt den Rücken runter. Jetzt nur keinen Fehler machen.

„Hallo, Jeannette.“ Er sprach völlig ruhig, legte seinen ganzen Ernst in die Stimme und fragte scheinheilig: „Sag mal, bist du noch in der Rhön?“ Schnell fuhr er fort – er durfte ihr keine Zeit geben, um zu antworten. Oder anzugreifen.

„Ich brauche deine Hilfe“, klagte er eindringlich. „Dringend. Ich stecke in der Klemme. Richtig in der Klemme. Kannst du heute noch nach Hause kommen? Du würdest mir sehr helfen.“

Die einsetzende Stille hatte Karlo nicht erwartet. Scheinbar hatte er überzeugend geklungen und seine Lebensgefährtin damit auf dem falschen Fuß erwischt. Dann, nach etwa fünfzehn Sekunden, hörte er ihre belegte Stimme: „Ich *bin* zu Hause."

„Gottseidank", rief Karlo mit einigem Pathos, „da bin ich aber froh. So ein Glück. Ich bin gleich da. Zwei Minuten."

Und legte auf.

„Wo warst du heute Abend?"

Klar! Jeannette war ihm doch zuvorgekommen. Sie saß auf ihrer blauen Couch und nuckelte nervös an einer Colaflasche. Ihre Stimme hatte wieder dieses gefährliche Timbre.

Karlo musste seine Karten auf den Tisch legen, wenn ihm etwas an seiner Lebensgefährtin lag.

„Im *Markthaus* in Offenbach."

„Oh, wie schön", kam es zuckersüß. „Alleine?"

„Natürlich nicht. Was soll ich da alleine? Wir sollten auch mal wieder ..."

„Und mit wem?"

„Mit Frau Katzenbach. Wie gesagt, ich stecke in der Klemme und habe sie deshalb um Hilfe gebeten. Gehring meinte, er könne Reichard nicht schon wieder inoffiziell beauftragen. Irgendwann bekäme er Probleme. Und da habe ich die Kommissarin gefragt, ob sie nicht zwei Männer für mich überprüfen kann."

„Und da gehst du gleich mit ihr essen? Du kennst sie doch kaum. Hast du wenigstens gesagt."

„Ja. Das stimmt auch. Aber als wir beim letzten Fall aufeinandergetroffen sind, haben wir uns irgendwie ganz gut verstanden. Das Blöde war, sie hat mein kleines nicht ganz legales Spielchen, mit dem ich damals diesen alten Herrn vor dem Knast bewahrt habe, durchschaut. Aber sie hat mitgespielt und nichts verraten. Sie fand es wohl auch gerecht. Da dachte ich, vielleicht kann sie mir unbürokratisch helfen. Offiziell kann ich nicht zur Polizei gehen. Da hätte ich sofort richtigen Ärger."

Jeannette war nun sichtlich beunruhigt. „Wieso das denn? Was in aller Welt hast du angestellt? Jetzt sag schon!"

Karlo seufzte tief. Dann gab er sich einen Stoß und erzählte seiner Freundin die ganze Geschichte.

Als er geendet hatte, war die blonde Frau leichenblass.

„Du hast jemanden totgeschlagen? Sag mal ..."

„Das war reine Notwehr!", fuhr ihr Karlo ins Wort. „Der Typ hätte mich plattgemacht. Schade, dass du den Kerl nicht gesehen hast. Keine Ahnung, wie ich das geschafft habe. Ich weiß nur, ich bin heilfroh, dass ich zuerst zugeschlagen habe."

„Zeig mir doch das Video. Ich denke, da ist er drauf? Oder hast du dir das Ganze nur ausgedacht?"

Karlo schlog sich an die Stirn. „Ja, klar, das Video."

Er holte sein Smartphone aus der Jacke. Kurz darauf verfolgte Jeannette mit offenem Mund, wie Karlo diesen Baum von einem Mann mit einem Schlag fällte.

„Unglaublich!", entfuhr es ihr skeptisch.

„Ja, ein guter Schlag, was?"

Sie blickte ihn ungehalten an. „Bist du auch noch stolz drauf?" Sie schüttelte den Kopf. „Nein, das ist es nicht, was ich meine. Ich meinte, es ist unglaublich, dass dieses riesige Monster von diesem einen Schlag umfällt. Das war bestenfalls ein Lucky Punch."

„Was willst du damit sagen?" Karlo klang beleidigt.

„Hast du dir schon mal überlegt, ob dich diese Typen nicht einfach reingelegt haben?"

Karlo rieb sich die Schläfen. „Und wenn es so wäre? Was denkst du, welche Alternative ich hätte?"

„Das weiß ich nicht. Aber bevor du überhaupt irgendwas machst, sollen die dir beweisen, dass dieser Kerl wirklich tot ist."

„Und wie stellst du dir das vor? Ich habe keinen Kontakt zu denen. Und ich habe nur eine Woche Zeit, alles zu klären. Wenn diese Zeit rum ist, schicken sie den Film an die Bullen."

„Nur, wenn der Kerl wirklich tot ist. Außerdem werden die Kerle sich bestimmt bei dir melden. Die wollen ja was von dir."

„Kann sein, kann auch nicht sein. Aber möglicherweise hast du Recht." Karlo schöpfte ein wenig Hoffnung. Dann leuchtete plötzlich sein Gesicht auf.

„Da kommt mir gerade eine Idee!", platzte er mit einem Mal heraus.

„Eine Idee?", fragte sie misstrauisch. „Welche Idee?"

„Ist das Sinas Auto, mit dem du hergefahren bist?"

Jeannette wurde rot. „Äh, ja. Warum?"

„Ich brauche den Wagen. Der Granada ist zu auffällig."

„Das kann ich nicht machen. Sie hat das Auto gerade neu gekauft und ist ganz stolz drauf."

„Der Karre wird nichts passieren. Willst du mir helfen oder nicht?"

„Schon", kam es zögerlich.

„Na siehst du. Ich bringe Sina den Wagen auch zurück. Und hole deinen Flitzer bei ihr ab. Ich muss sowieso noch mal in die Rhön."

Jeannette wirkte mit einem Mal verzweifelt. Sie saß auf ihrer Couch wie ein Häuflein Elend.

„Warum muss es immer so schwierig sein?", jammerte sie. „Ständig gerätst du in solch komische Geschichten rein. Nie ist mal was ganz normal."

Er erhob sich aus dem Sessel, setzte sich neben sie und legte ihr den Arm um die Schultern. Kratzbürstig wehrte sie ihn ab. „Fass mich nicht an", fauchte sie schroff. „Ich ertrage das jetzt nicht." Dann deutete sie auf den Wohnzimmertisch. „Da. Das sind die Wagenschlüssel. Und Gnade dir Gott, es passiert etwas mit Sinas Auto."

„Danke. Das ist wirklich lieb von dir", versuchte Karlo die Wogen etwas zu glätten. „Ich werde ..."

„Freu dich nur nicht zu früh!", konterte Jeannette postwendend. „Wenn das alles rum ist, habe ich noch ein Hühnchen mit dir zu rupfen."

Samstag, 23. April
Frankfurt-Fechenheim

13

In der Nacht zum Samstag war die Beziehungstemperatur zwischen Karlo und seiner Freundin auf den Nullpunkt gesunken. Auch das – immerhin gemeinsame – Frühstück am Samstagmorgen verlief recht einsilbig. Einzig der abfällige Hinweis Jeannettes: „Du hast die ganze Nacht geschnarcht! Ich konnte kaum schlafen!“, brachte eine Art Kommunikation an den Küchentisch. Nicht einmal an Karlos samstäglicher Leberkässemmel hatte Jeannette etwas auszusetzen. Das war kein gutes Zeichen.

Jeannette hatte sich nach dem Frühstück in den Kopf gesetzt, die Wohnung einem Frühjahrsputz zu unterziehen, und Karlo nutzte das Heulen des Staubsaugers, um in der Küche seine Telefongespräche geschützt vor den gespitzten Ohren seiner Freundin zu führen.

Die Rufnummer Dominik Nowitzkys hatte er schnell herausgefunden. Danach schaute er sich das Foto des Todeskandidaten erneut an. Woher bloß kannte er dieses Gesicht? Irgendwo war ihm dieser Kerl schon einmal über den Weg gelaufen.

Es war jedoch nichts zu machen. Er gab auf.

Wie genau sollte er es nun angehen? Erstens, das stand fest, musste er mit Nowitzky reden. Dann musste er, genauso wichtig, Kontakt mit seinem Erpresser herstellen. Es wäre gut, Gewissheit bezüglich von der Hatz' gegenwärtigem Zustand zu haben. Er wählte die Nummer, die er schon einmal zurückgerufen hatte, um den Erpresser zu erreichen. Die Nummer war nicht zu erreichen.

Mist!

Wenn der Baron tot war, musste sich die Leiche irgendwo befinden. Ohne Leiche keine Erpressung.

Was sollte er bloß tun?

Eigentlich gab es nur zwei Möglichkeiten. Entweder er wartete ab, dann jedoch bestand die Gefahr, dass sich niemand bei ihm meldete. Oder er hinterließ in der *Schiffschaukel* eine Nachricht und hoffte, dass sie der unbekannte Adressat auch wirklich bekam. Allerdings hatte er keine Sehnsucht nach dieser Kaschemme.

Die Nachricht, die ihn in diesem Moment auf seinem Smartphone erreichte, befreite ihn von der Qual der Wahl.

Noch sechs Tage! Vermassle es nicht!, war zu lesen. Und ein Bild hing noch an. Er kniff die Augen zusammen. Was war denn das für eine Kiste?

Verdammt!

Das Foto zeigte eine aufgeklappte Gefriertruhe. Im Inneren des geräumigen Kühlmöbels erkannte man einen stattlichen Mann, der mit angezogenen Knien auf dem Rücken lag. Gesicht und Körper waren mit einer reifartigen Eisschicht überzogen. Es gab allerdings keinen Zweifel an der Identität des Eingefrorenen.

Der Baron lag im wahrsten Sinne des Wortes auf Eis. Karlo bekam Magendrücken.

Nun war er endgültig am Arsch.

–

Als sich sein Telefon erneut meldete, schrak er regelrecht zusammen. Die angezeigte Nummer sagte ihm zunächst nichts, der Erpresser konnte es nicht sein, der meldete sich immer anonym. Er hob ab und spürte einen Stich im Herzen, als er die Stimme erkannte.

„Hallo, Karlo? Haben Sie einen Moment?“

Conny Katzenbach. Die Kommissarin.

„Klar, habe ich. Das ging ja schnell. Haben Sie schon etwas herausgefunden?“

„Das habe ich. Und es ist nichts Gutes.“

„Das heißt?“

„Das heißt erst einmal gar nichts. Es bleibt dabei: nicht ohne Ihre offenen Karten auf meinem Tisch. Ich kann Ihnen nur eins sagen: Sie geraten in schlechte Gesellschaft, wenn Sie versuchen, etwas auf eigene Faust zu regeln. Melden Sie sich offiziell bei uns, dann sehen wir weiter. Mehr kann ich nicht tun.“

Karlo fasste sich ein Herz. Allerdings mit schlechtem Gewissen. „Was ist mit Montagabend? Sehen wir uns da?“

Die Katzenbach klang kühl. „Nur, wenn Sie reden wollen. Sie haben ja meine Nummer. Rufen Sie mich an.“

Sie legte auf.

So ein Dreck!

–

Kurz darauf hielt Karlo sein anonymes Prepaid-Handy am Ohr. Nach dem fünften Freizeichen wurde abgehoben. Es meldete sich allerdings niemand.

„Herr Nowitzky?“

Karlo hörte schnelle regelmäßige Atemzüge. Dann schien

der Teilnehmer am anderen Ende schwer zu schlucken, endlich hörte Karlo eine heisere Stimme.

„Wer will das wissen?"

„Jemand, der es gut mit Ihnen meint."

Ein bitteres Lachen ertönte. „So jemanden gibt es nicht."

Karlo verzog das Gesicht. Wie sollte es nun weitergehen? Nach kurzer Überlegung stocherte er nach. „Ich habe eine wichtige Nachricht für Sie, Herr Nowitzky. Und Sie könnten im Gegenzug etwas für mich tun."

„Ich kenne Ihre Stimme nicht. Ich kenne Sie überhaupt nicht. Ich erledige nichts für Leute, die ich nicht kenne."

Karlo geriet etwas aus der Spur. Er konnte sein Gegenüber schlecht einschätzen. Er musste ins Blaue schießen.

„Sie sind in Gefahr, Herr Nowitzky."

„Um das zu wissen, brauche ich keine anonymen Anrufer wie Sie."

„Ich meine das ernst. Wir sollten uns treffen. Es hört sich jetzt etwas komisch an, aber es geht tatsächlich um Leben und Tod."

„Das hört sich für mich überhaupt nicht komisch an."

„So habe ich das nicht gemeint. Herr Nowitzky, wir müssen uns dringend treffen."

„Nennen Sie mir einen triftigen Grund, warum ich das tun sollte."

Die Gedanken in Karlos Kopf überschlugen sich. Er musste einfach irgendetwas ausprobieren!

„Wir beide wissen etwas, das die Polizei nicht wissen soll", sagte er, einfach ins Blaue.

Gequältes Husten ertönte. „Wollen Sie mich erpressen?"

Nun verstand Karlo überhaupt nichts mehr.

„Nein", beschwor er seinen Gesprächspartner, „das will

ich nicht. Ich möchte Ihnen helfen. Probieren Sie es einfach aus. Sie können mir vertrauen. Wir müssen uns unbedingt treffen."

Wieder herrschte einige Sekunden Funkstille. Karlo hörte einen tiefen Seufzer. Dann wieder die heisere Stimme.

„Wo und wann?"

„Kennen Sie den Heinrich-Kraft-Park in Fechenheim?"

„Ja."

„Kommen Sie mit dem Wagen?"

„Spielt das eine Rolle?"

„Nein. Eigentlich nicht. Also, wenn Sie auf dem Parkplatz stehen, mit Sicht auf den Park, dann halten Sie sich links und folgen dem Weg, der dort am Park vorbeigeht, zirka hundert Meter weit. Da warten Sie bitte."

„Wann?"

Karlo überlegte kurz. Es wäre gut, noch ein wenig Zeit zu haben, um sich einen Plan zurechtzulegen.

„Morgen", sagte er. „Zweiundzwanzig Uhr. Pünktlich."

Karlo fing an, seine Utensilien zusammenzusuchen. Einige große Plastiksäcke, Klebeband und nicht zuletzt ein Gläschen von Pauls selbstgemachter Kirschmarmelade.

Dann zögerte er. Sollte er die Pistole mitnehmen? Nur zur Sicherheit? Die Versuchung war groß. Auf der anderen Seite: Er hatte keine Ahnung, ob die Waffe heiß war. Er stellte sich vor, wie er dastünde, wenn mit der Knarre jemand zu Schaden gekommen war und sie bei ihm gefunden würde.

Karlo wischte seine Fingerabdrücke von der Waffe und entschied, dass der Platz hinter der Revisionskachel von Jeannettes Badewanne geeigneter war als die Innentasche seiner Lederjacke.

Sonntagnacht, 24. April, 22.00 Uhr
Frankfurt-Fechenheim

14

Zuweilen lugte der Vollmond listig hinter den Rändern einiger hoch aufgetürmter Aprilwolken hervor und schickte sein diffuses Licht auf den ungeduldigen Karlo herab.

Den schweren Regenguss hatte er noch in Sinas Wagen abgewartet, daher erschien er fünf Minuten zu spät am vereinbarten Treffpunkt.

Der Waldweg war durch die plötzliche Feuchtigkeit schlammig und rutschig geworden. Karlo versuchte am Rande des Weges zu gehen, dort, wo sich ein Geflecht aus Waldgräsern und Moos breitmachte.

Tief sog er die würzige Luft ein. Es duftete nach feuchtem Waldboden, frisch mit Holzschutz gebeiztem Jägerzaun und verrottendem Laub. Dicke, von den Bäumen herabfallende Regentropfen erzeugten ein allmählich verhaltener werdendes Trommelkonzert im Unterholz und benetzten Karlos Haarschopf.

Der Mond hatte sich wieder hinter einer dicken Wolke versteckt. Sichernd bohrte Karlo seine Blicke nach allen Seiten in die Dunkelheit. Die Ohren nach verdächtigen Geräuschen gespitzt, strich er sich durch die feuchten Haare. Er wischte die Hand an der Hose trocken und zog sein Smartphone hervor. Die Uhr auf dem Display zeigte zwanzig nach zehn. Hatte Nowitzky Angst bekommen? Er war längst überfällig.

Wie lange sollte er hier noch ausharren?

Als der Regen erneut einsetzte, beschloss Karlo, das Warten aufzugeben. Am Anfang des Waldweges angekommen, blieb er wie angewurzelt stehen.

Dieses Geräusch!

Woher kam das? Ungefähr zehn Meter von ihm entfernt raschelte es. Ein Ast knackste. Der plötzlich auffrischende Wind schlug einige Zweige aneinander.

Versteckte sich dort jemand im Gebüsch?

Karlo war ärgerlich. Er hatte seine Taschenlampe im Wagen auf dem Beifahrersitz vergessen.

„Nowitzky?“

Sein Ruf verhallte zwischen den Bäumen.

„Sind Sie da?“, versuchte er es erneut. „Kommen Sie her. Ich will Ihnen nichts tun.“

Unheilvolles Schweigen. Karlo fröstelte.

Der Regen hatte wieder nachgelassen, und eine schwere Wolke gab die silbrig schimmernde Scheibe des Mondes frei. Karlo erblickte die Silhouette von Sinas Wagen. Das Mondlicht spiegelte sich in einigen kleinen Pfützen, deren Oberflächen sich im Wind kräuselten.

Stille.

Nichts als Stille.

Karlo gab auf.

Niedergeschlagen tappte er in Richtung seines Fahrzeugs. Er würde sich etwas Neues einfallen lassen müssen. Im Grunde genommen konnte er Nowitzky verstehen, wenn er nicht auftauchen sollte.

Knacks!

Erneut ein Geräusch zwischen den Bäumen.

Dort! Was war das?

Ein Schatten huschte über den Boden, flimmerte unstet durch die Pfützen. Gleichzeitig brach ein Licht durch die Bäume und Büsche, die oberhalb des Parkplatzes standen. Ein Auto. Es fuhr an der Parkplatzzufahrt vorbei und bog an der Kreuzung Richtung Bergen-Enkheim ab. Karlo schüttelte den Kopf und schaute zum Himmel.

Dort hatte sich der Mond wieder in die Wolken gebettet, das gleichmäßige Rauschen des Windes unterstrich die gespenstische Ruhe, die sich nun wieder einstellte.

Vor dem grünen Skoda angekommen blieb Karlo stehen, griff in die Hosentasche und wollte die Autoschlüssel hervorziehen.

Das leise Scharren hinter sich hörte er zu spät.

Karlo fror ein, als er den Druck des kalten Metalls an seinem Hinterkopf spürte. Dieser Druck stammte nicht von einer Wasserpistole.

Jede Wette!

„Stillhalten!“ Die heisere Stimme klang drohend.

Karlo bewegte sich nicht.

„Schon gut, schon gut. Nowitzky?“

„Also, hier bin ich. Und, was hast du für mich?“

„Nimm erst die Knarre weg!“

„Vergiss es. Pack lieber zackig aus. Ich hab einen nervösen Zeigefinger.“

Es war wie eine einzige Bewegung, als Karlo explodierte. Er sackte nach unten, um aus dem Schussfeld zu geraten, drehte sich in der Hocke um hundertachtzig Grad, sprang wieder auf, streckte seine Arme nach oben und riss sie nach rechts und links auseinander. Die Arme des Angreifers klappten zur Seite, seine Hand öffnete sich, die Waffe schlitterte über den Parkplatz. Am Ende der Aufwärtsbewegung zog Karlo sein rechtes Knie an und rammte es dem Angreifer in den Bauch. Der klappte nach vorne, und sein Kinn flog förmlich in Karlos rechten Aufwärtshaken.

Das ganze Manöver hatte keine vier Sekunden gedauert. Karlo grinste böse. Klassische Abwehr nach Straßenköterart!

Regungslos lag die Gestalt vor Karlo auf dem nassen Erdreich. Er drehte sich um, riss die Fahrertür auf, griff sich die Taschenlampe, schaltete sie ein und wandte sich wieder Nowitzky zu.

Und staunte nicht schlecht.

Das war doch – der Tod!

Der Tod – natürlich – war besonders hart im Nehmen und deshalb schon wieder bei Bewusstsein. Im Aufstehen fluchte er leise und drückte sich seinen breitkrempigen Hut auf den Kopf zurück. Sein schwarzer Ledermantel war lehmbefleckt, und er starrte Karlo wütend an.

„Ganz ruhig!“, befahl Karlo. Drohend hob er eine Faust und streckte sie der dürren Gestalt entgegen. „Glaub mir“, warnte er, „davon habe ich noch einige Kilo auf Lager.“

Er konnte es nicht fassen. Der Tod. Dieser schwarzgekleidete Typ, der ihm in der Straßenbahn einen solchen Schrecken eingejagt hatte, als er unterwegs war, um sein Auto aus dem Bahnhofsviertel abzuholen.

Er ließ den Lichtkegel über den Platz huschen. Einige Meter weiter erblickte er eine Pistole. Mit zwei, drei langen Schritten war er dort, klaubte sie auf und richtete sie auf den mittlerweile wieder am Boden kauernden Angreifer.

Wenn ich jetzt abdrücke, bin ich alle meine Probleme los, dachte Karlo verstohlen. Zwei, drei Sekunden vergingen.

„Wenn ich jetzt abdrücke, bin ich alle meine Probleme los“, sagte Karlo laut.

„Mach keine Scheiße, Mann. Was hast du davon, wenn ich tot bin?“

„Darüber wollte ich eigentlich mit dir reden. Bloß reden, hörst du? Die blauen Flecken hättest du dir wirklich sparen können. Ach“, lachte er, „was macht eigentlich deine Hand?“

„Meine Hand?“

„Ja, der Dackelbiss.“

Nowitzky klappte der Unterkiefer herunter. Er hatte Karlo in der Straßenbahn nicht registriert. „Woher weißt du das?“, stieß er entgeistert aus.

„Ich weiß alles“, knurrte Karlo. Er winkte Nowitzky mit der Pistole. „Los. Zieh deinen dreckigen Mantel aus. Das Auto hab ich nur geliehen.“

Nowitzky warf seinen Mantel in den Kofferraum, dann fesselte Karlo ihm die Hände mit Kabelbinder auf den Rücken und bugsierte ihn auf den Beifahrersitz.

Karlo selbst nahm auf den Fahrersitz Platz.

Bevor Karlo die Tür schließen konnte, schaute ihm Nowitzky im Schein der Innenraumbeleuchtung direkt ins Gesicht.

Karlo fühlte, dass plötzlich etwas nicht stimmte. Er sah Nowitzky überrascht an, bemerkte das Erstaunen, die grenzenlose Fassungslosigkeit des hageren Mannes. Er wirkte, als könne er das ganze Geschehen nicht verarbeiten.

„Woher weißt du es?“, entfuhr es Nowitzky. Seine Stimme klang belegt. „Du hast es die ganze Zeit gewusst.“

Nun war es an Karlo, zu staunen. „Woher weiß ich *was*?“

Nowitzky starrte ihn unentwegt an, die Augen weit aufgerissen, die Stimmbänder auf null geschaltet. Keine Reaktion mehr.

Karlo wurde nun richtig wütend. „Jetzt rede schon, verdammt. Sonst haben wir ein richtiges Problem miteinander, mein Freund. Was zum Teufel soll ich wissen?“

Nowitzky machte dicht.

„Du zuerst. *Du* wolltest doch mit mir reden. Also, was ist so wichtig, dass ich bei diesem Wetter hier im Schlamm herumwaten muss?“

Karlo entlud die Pistole, steckte die Patronen ein und warf die Waffe vor sich in den Fußraum. Nachdenklich kratzte er sich hinterm Ohr.

„Na gut“, begann er. „Ist sowieso egal. Dann fange *ich* eben an.“ Er zog die Fahrertür zu, mit einem satten Geräusch fiel sie ins Schloss. „Dann hör mal gut zu. Es gibt da Leute, die halten so wenig von dir, dass sie dich aus dem Weg räumen möchten.“

„Bitte?“ Bestürzung zeigte sich in Nowitzkys Zügen. „Was in aller Welt soll das heißen?“

„Das soll heißen, dass ich dich warnen will. Du musst für einige Tage verschwinden.“

„Und woher willst du das so genau wissen?“

Karlo lachte bitter auf. „Das weiß ich deshalb so genau, weil *ich* derjenige bin, der dich erledigen soll.“

Die Luft schien zu gefrieren.

Sekunden vergingen. Ein angestrengtes Röcheln entwich Nowitzky. „Was? Was sagst du da? Aber das kann doch ... das kann doch nicht sein!“

Karlo verstand nicht. „Wieso kann das nicht sein? Wieso sollte ich dir davon erzählen, wenn es nicht stimmt?“

Der Tod verlegte sich aufs Jammern. „Wenn ich dir das sage, bin ich ein toter Mann.“

„Wie meinst du das?“

„Weil du mich dann erst recht umlegst.“

„Wieso sollte ich dich umlegen?"

„Machst du Witze? Du hast doch gerade eben gesagt, dass du mich umlegen sollst."

Karlo wurde ungeduldig. „Ja, habe ich. Aber ich habe dich auch gewarnt und gesagt, dass du deshalb für ein paar Tage verschwinden sollst. Weil ich nämlich keine Lust habe, jemanden umzulegen."

Nowitzky schien sich ein wenig zu entspannen. „Aber tun sollst du es schon?", hakte er noch einmal nach.

„Ja, freilich, sonst würde ich das doch nicht sagen."

„Seltsam, das ist wirklich seltsam."

„Wieso ist das seltsam?"

„Ganz einfach. Weil ich *dich* umlegen soll."

Karlo brauchte einige Zeit, um das zu verkraften. „Wie soll ich das ... ich meine, warum ..."

„Geh an den Kofferraum, zu meinem Mantel. Schau in die linke Innentasche und hol den Umschlag raus. Dann wirst du schon sehen."

Karlo stieß die Tür auf und huschte hinter den Wagen. Kurz darauf saß er wieder auf dem Fahrersitz und griff in den Umschlag. Als er das Bild hervorzog, verkrampfte sich seine Nackenmuskulatur.

Er schaute sich selbst ins Gesicht. Das war ein Foto von – ihm.

Mit offenem Mund drehte er den Kopf und starrte Nowitzky an.

„Aber das ist doch nicht möglich! Kannst du mir mal erklären, was hier gespielt wird?"

„Himmel, wenn ich das bloß wüsste. Ich habe wirklich keine Ahnung. Bis vorhin. Bis ich dich im Licht der Innenbeleuchtung gesehen und erkannt habe. Bis dahin wusste ich nicht, dass ausgerechnet *du* das bist, den ich umlegen soll."

Karlo war fassungslos. Er konnte es nicht glauben. Das hier war wirklich total verrückt. „Als ich dich angerufen habe", platzte es aus ihm heraus, „da wusstest du noch nicht, dass ich es bin, den du ..."

„Nein! Sag ich doch die ganze Zeit! Ich könnte dir genau das Gleiche sagen: Du musst genauso untertauchen wie ich. Ich hab nämlich ebenfalls keine Lust, jemanden umzulegen."

„Sehr beruhigend", versetzte Karlo sarkastisch. „Vielen Dank auch. Trotzdem würde ich empfehlen, dass du es bist, der sich eine Weile unsichtbar macht."

„Und warum, wenn ich fragen darf?"

„Ich würde gerne herausbekommen, was hinter dieser Sache steckt. Und vor allem wer. Und ich vermute, dass ich uns in dieser Hinsicht besser weiterhelfen kann als du."

„Und was bringt dich zu dieser Annahme?"

Karlo griff wortlos in die Jackentasche und holte ein kleines Messer hervor. Dann stieg er aus, lief ums Auto herum und öffnete die Beifahrertür. Er ließ Nowitzky aussteigen und schnitt die Fesseln auf. Dann hieß er ihn, sich wieder in den Wagen zu setzen.

Als sie wieder nebeneinander saßen, versuchte Karlo, seinen Vorteil zu erklären.

„Ich arbeite mit einem Privatdetektiv zusammen", fing er an, „einem ehemaligen Hauptkommissar der Frankfurter Polizei. Mordkommission. Wir sollten uns auf jeden Fall mit ihm unterhalten."

Karlo trommelte nervös mit den Fingern auf dem Lenkrad. „Ich nehme an, du wirst auch erpresst", mutmaßte er, mit einem prüfenden Seitenblick Richtung Beifahrersitz.

„Mmh!“, kam es verdrossen zurück.

Karlo nickte grimmig. Dann griff er zum Telefon.

–

Georg Gehring hatte das abendliche Ritual des Zähneputzens hinter sich gebracht, als sein Telefon klingelte. Er schaute auf die Uhr. Es war fast dreiundzwanzig Uhr. Tiefe Sorgenfalten gruben sich in seine Stirn, als er Karlos Mobilnummer erkannte.

„Herr Kölner“, begrüßte er seinen sporadischen Helfer und Freund. „Was gibt es? Ist alles in Ordnung bei Ihnen?“

Karlo zeigte sich schuldbewusst. „Ich hoffe, ich habe Sie nicht aus dem Bett geholt, Herr Gehring. Oder?“

„Nein, alles gut“, beruhigte ihn der Privatdetektiv. „Ich bin noch auf. Um was geht es denn? Um Ihre aktuelle Geschichte?“

„Eigentlich ja, genau darum. Aber es ist alles noch wesentlich komplizierter geworden. Und ich habe hier jemanden dabei, der – ach, das ist jetzt schwierig am Telefon zu erklären.“

„Wo sind Sie jetzt?“

„Nur eine Minute von Ihnen entfernt. Der Parkplatz am Heinrich-Kraft-Park.“

Gehring überlegte nicht lange. „Dann kommen Sie bei mir vorbei.“

„Danke. Das wäre normalerweise eine gute Idee. Aber ich weiß nicht, ob wir beobachtet werden. Und es wäre eine ganz schlechte Sache, zusammen mit meinem neuen Bekannten gesehen zu werden, wie wir bei einem Privatdetektiv vorsprechen. Mitten in der Nacht.“

„Ich verstehe kein Wort, Herr Kölner. Ich – also, was schlagen Sie vor?“

„Können Sie in zehn Minuten zum Parkplatz kommen? Und mir dann einfach vertrauen, keine Fragen stellen und mitspielen?“

Gehring wurde es mulmig. Zwar kannte er Karlo Kölner lange genug, um zu wissen, dass er sich eigentlich auf ihn verlassen konnte. Allerdings kannte er auch dessen zuweilen chaotische Herangehensweise bei anstehenden Problemen. Nicht, dass Karlo keine Erfolge gehabt hätte, ganz im Gegenteil.

Aber es wurde oft brandgefährlich, wenn Karlo seine Ideen umsetzte.

Genau dies befürchtete der Ex-Polizist, als er schweren Herzens versprach: „Zehn Minuten? Bis gleich.“

–

„So, das hätten wir.“ Karlo rieb sich die Hände. „Jetzt pass mal gut auf. Ich habe eine Idee. Vielleicht haut das hin. Wir machen folgendes ...“

Während Karlo dem verängstigten Nowitzky den Plan erläuterte, griff er in seine Jackentasche, holte die Munition wieder hervor und lud die Waffe erneut.

Als Nowitzky die Pistole in Karlos Hand sah, begann er ängstlich, Bedenken zu äußern. „Aber wenn ...“

„Jetzt tu endlich, was ich dir sage“, schnitt ihm Karlo das Wort ab. „Steig aus. Na los, mach schon. Und zieh dir besser deinen Mantel wieder über, der ist sowieso schon dreckig, wenn du dir bei der Aktion nicht den schönen Anzug versauen willst.“

Nowitzky war nicht überzeugt, doch er gehorchte, zitternd am ganzen Körper. Der Druck der Pistole in seinem Rücken tat ein Übriges.

Nach wenigen Schritten blieb Karlo stehen. „Stopp", befahl er Nowitzky. „Umdrehen!"

Ohne zu zögern hob er die Hand, zielte und drückte ab.

Nowitzkys Körper zuckte zusammen, beschrieb eine halbe Drehung, fiel seitlich auf den feuchten Boden, kippte auf den Rücken und blieb reglos liegen. Karlo zielte ein zweites Mal und feuerte erneut.

Dann ging er zum Wagen, entlud die Waffe wieder, schob sie hinter den Fahrersitz, huschte zurück zu dem Reglosen und beugte sich über ihn. Einen Augenblick hantierte er am Oberkörper des am Boden Liegenden. Danach machte er zwei Fotos von dem leblosen Körper und atmete tief durch.

Auf der linken Brustseite breitete sich ein hässlicher großer roter Fleck ab. Auch an der Schläfe befand sich offensichtlich eine blutige Verletzung.

–

Als Gehring auf den Parkplatz auffuhr, sah er im Scheinwerferlicht eine hagere Gestalt, die sich abmühte, einen reglosen Körper in einer großen Plastiktüte zu verstauen.

Er hielt an, öffnete die Tür und stieg aus.

„Herr Kölner, um Gottes willen", entfuhr es ihm. „Was machen Sie da?"

Sonntagnacht, 24. April
Frankfurt-Fechenheim

15

„Fragen Sie nicht. Helfen Sie mir einfach." Karlo war kurz angebunden. Gehring spürte, dass er seine Neugier lieber später befriedigen sollte.

Es war auch zu zweit nicht einfach, Nowitzky in den Kofferraum von Gehrings Wagen zu packen.

Als sie endlich im Auto des Ex-Polizisten Platz genommen hatten, stellte Gehring die Frage, vor der sich Karlo am meisten gefürchtet hatte: „Und jetzt?"

„Gute Frage. Am besten, wir lassen ihn erst einmal verschwinden. Und zwar so, dass keiner mitbekommt, wo."

„Und wo, haben Sie sich vorgestellt, soll er untergebracht werden?"

„Das ist unser Problem. Wir müssen aber erst einmal hier weg. Es besteht die Möglichkeit, dass wir beobachtet werden. Ich bin nicht sicher, aber wenn das so ist, müssen wir denjenigen abschütteln. Die kleine Show eben war nicht schlecht, denke ich, aber wenn ein eventueller Verfolger uns das alles abnehmen soll, darf Nowitzky die nächsten Tage nicht auftauchen. Fahren Sie einfach los."

Gehring schaute skeptisch, dann startete er den Motor und fuhr los. Karlo überlegte laut. „Meinem Freund Paul in der Rhön kann ich das nicht zumuten. Der hat in den letzten Jahren schon so viel für mich getan, das geht einfach nicht.

Meine Notunterkunft im Clubhaus unseres Motorradclubs in Oberrad scheidet auch aus. Kuhl wird wahnsinnig, wenn ich schon wieder jemanden anschleppe, der untertauchen muss. Außerdem steht es mit Jeannette gerade mal wieder auf der Kippe, und da brauche ich das Clubhaus vielleicht selbst. Im Falle sie mal wieder vorhat, mich rauszuschmeißen."

Er verzog das Gesicht. „Ich bin auch nicht sicher, ob der Erpresser vom Clubhaus weiß. Ich habe den Eindruck, ständig beobachtet zu werden. Wenn das stimmt, macht derjenige das allerdings verdammt gut."

Gehring lenkte seinen Wagen auf die B8 Richtung Autobahn. Er schielte prüfend in den Rückspiegel. „Gut, dann schauen wir doch mal, ob wir jemand hinter uns haben."

Zwei Wagen fuhren dicht hinter dem Ex-Kommissar und Karlo, ein heller Kastenwagen und ein kleinerer Pkw. Vor dem Abzweig nach Bischofsheim blieb der Detektiv, so lange es ging, auf der rechten Spur. Erst kurz vor der Ampel scherte er abrupt nach links und bog bei Dunkelgelb ab Richtung Autobahn. Die beiden Wagen fuhren weiter nach Dörnigheim.

Gehring bog die erste Möglichkeit links ab, eine Art Parkplatz, der in einen Weg Richtung Bischofsheim mündete und hielt hinter dem Gebüsch, das parallel zur Straße wuchs. Gemeinsam mit Karlo stieg er aus, ging um das Fahrzeug herum und öffnete den Kofferraum.

Nowitzky hatte sich während der Fahrt bereits selbst von den Mülltüten befreit. Karlo reichte ihm die Hände und half ihm, den Kofferraum wieder zu verlassen. Nowitzky dehnte und streckte sich, dann begann er, mit einem Papiertaschentuch Pauls Perligs gute Kirschmarmelade von der Schläfe zu wischen. Das Hemd würde er vergessen können. Dieser Riesenfleck ging bestimmt nicht wieder raus. Die Angst überwog seinen Ärger ob des verdorbenen Kleidungsstücks. „Und wie soll es nun weitergehen? Glaubt ihr, das ganze Theater bringt uns wirklich weiter?"

Karlo hob entschuldigend die Hände. „Sorry, tut mir wirklich leid, aber wir mussten sicher gehen, dass uns keiner folgt. Für unsere speziellen Freunde bist du nun tot. Jedenfalls wenn mein Plan funktioniert. Damit bist du aus der Schusslinie. Wir müssen jetzt nur noch eine Unterkunft für dich finden. Da bleibst du ein paar Tage, bis wir wissen, was hier gespielt wird."

„*Nur noch* ist gut", polterte Gehring. „Haben Sie schon eine Idee?"

Bevor Karlo antworten konnte, hellte sich Gehrings Gesicht auf. „Warum bringen wir ihn nicht in ein Hotel? Das wäre doch das Einfachste."

„Daran dachte ich auch schon. Aber wer bezahlt das?"

„Immer der, der fragt." Gehring grinste boshaft.

Karlo ging auf Nowitzky zu. „Wie viel Kohle hast du dabei?"

„Ungefähr zweihundert Euro."

„Na also. Geht doch. Das reicht fürs zwei bis drei Tage. Danach sehen wir weiter."

„An welches Hotel hatten Sie gedacht?", wandte sich Karlo an den Ex-Polizisten.

„Ich dachte an das Haus am Fechenheimer Bahnhof. Das hat eine 24-Stunden-Rezeption."

„Sehr gute Idee. Das können wir machen. Aber bevor wir hinfahren, bringe ich Sie auf den neuesten Stand, Herr Gehring."

Karlo berichtete in schnellen Zügen, was am Abend passiert war, und Georg Gehring staunte nicht schlecht. Er hatte im Laufe seiner Zeit bei der Frankfurter Mordkommission viel erlebt, aber das hier gehörte zum Verrücktesten, das ihm bisher untergekommen war.

„Ihr beiden sollt euch gegenseitig umbringen? Das ist ja grotesk. Wer denkt sich denn so was aus? Und Sie sind sicher", wandte er sich an Karlo, „dass es die gleiche Person ist, die Sie beide erpresst?"

„Eigentlich kann es nicht anders sein." Karlo schaute ernst. „Außerdem bin ich der Überzeugung, dass kein Einzelner dahintersteckt. Ich weiß zwar nicht, um was es geht, aber es fühlt sich an, als hätten einige Schlaumeier was ganz Spezielles geplant. Wenn ich nur wüsste, was."

Plötzlich blickte er Nowitzky bedrohlich an. „Und jetzt mal raus mit der Sprache, Nowitzky. Was hat unser gemeinsamer Freund gegen dich in der Hand?"

Es fiel Nowitzky sichtlich schwer, mit der Wahrheit rauszurücken, doch Karlo würde nicht locker lassen, darüber war er sich klar.

„Ich hatte einen Autounfall."

„Und?"

„Ja, verdammt. Mir ist jemand in den Wagen gelaufen. In der Dunkelheit. Ich habe ihn wirklich nicht gesehen."

„Kann passieren. Ist auch tragisch, aber damit kann man doch niemanden erpressen, oder?"

Nowitzky schaute bedrückt. „Na ja ..."

Karlo begriff sofort. Er schlug sich an die Stirn. „Mann! Das gibt es doch nicht", rief er bestürzt. „Du bist abgehauen. Du hast jemanden auf der Straße liegen lassen und bist einfach abgehauen!" Er legte den Kopf schräg und sah Nowitzky aus zusammengekniffenen Augen an. Mit einem Mal kam ihm die Erleuchtung.

„Und es hat dich jemand beobachtet“, stieß er aus.

„Ich habe niemanden bemerkt“, jammerte der Unglücksfahrer. „Aber es muss ja so gewesen sein. Irgendjemand muss mir gefolgt sein, als ich losgefahren bin.“

„Jemand, der genau wusste, dass du total besoffen warst“, schnaubte Karlo. „Und weil du so besoffen warst, hast du nichts mitgekriegt.“

Karlo redete sich in Rage. „Und dann lässt du jemand verletzt auf der Straße liegen. Das ist wirklich das Allerletzte.“

Er wandte sich angewidert ab.

Nowitzky versuchte sich zu erklären. „Ja, gut. Aber die Person hat sich nicht mehr gerührt. Die war bestimmt tot. Ich meine, was sollte ich machen. Ich hatte was getrunken. Ich brauche meinen Führerschein und da ...“ Er brach ab.

„Hättest du dich um den Verletzten gekümmert und Hilfe geholt, wäre dein Führerschein weg. Das wäre zwar unangenehm, aber man hätte dich nicht erpressen können. Und wer weiß, vielleicht hat man dich einfach ausgetrickst. Womöglich war ja alles kein Zufall, und alles war nur getürkt. Stand eigentlich etwas von dem Unfall in der Zeitung?“

„Keine Ahnung. Ich habe keine Zeitung gelesen.“

Karlo sah zu Gehring, dann zu Nowitzky, dann wieder zu Gehring. „Wir müssen die Burschen identifizieren.“

Nowitzky schaute Gehring besorgt an. „Werden Sie jetzt die Polizei benachrichtigen?“

„Dazu möchte ich erst mehr wissen. Jetzt bringen wir Sie erst einmal ins Hotel.“

In Karlos Gesicht leuchtete es. „Sie sind also dabei?“

„Habe ich eine Wahl?“ Gehring schaute düster.

–

„Wo haben Sie denn Ihr Gepäck?“ Die Frau an der Rezeption lugte misstrauisch über den Tresen.

„Ich hatte einen Unfall mit meinem Wagen“, antwortete Nowitzky wie verabredet. „Meine Sachen, die noch in Ordnung sind, werden mir morgen zugestellt.“

Das war zwar nicht ganz schlüssig, aber die Frau hinter dem Tresen war zufrieden und stellte keine weiteren Fragen.

Karlo hatte Nowitzky eingeschärft, sich keinesfalls aus seinem Zimmer zu bewegen. Er sollte sich bei Gehring melden, wenn er etwas brauchte. Schnell tauschten die drei Männer noch ihre Mobilnummern aus.

–

„So, Herr Kölner.“ Karlo und der Ex-Kommissar verließen das Hotel und liefen zu Gehrings Wagen. „Dann bringe ich Sie jetzt zu Ihrem Auto, danach fahren wir zu mir nach Hause, trinken einen Kaffee und gehen die ganze Geschichte noch einmal gründlich durch.“

„Das wäre klasse.“

Gegen halb eins in der Nacht bog Gehring zum zweiten Mal auf den Parkplatz vor dem Heinrich-Kraft-Park ein.

Niemand war ihnen dabei gefolgt.

Die Scheinwerfer tasteten sich durch die Dunkelheit, und mit einem Mal wurde Karlo unruhig. Er starrte bestürzt zu der Stelle vor den Bäumen, die den Parkplatz von der Straße trennten.

Dahin, wo er Sinas Wagen abgestellt hatte.

Doch der Wagen war weg!

Sonntag zu Montag, 24./25. April, gegen ein Uhr
Frankfurt-Fechenheim

16

„Hatten Sie den Wagen abgeschlossen?"

Karlo stellte seine Tasse ab und griff nach dem Whiskyglas, in dem ein alter Single-Malt schwappte. Der Duft nach Rauch, Torf und Honig stieg ihm in die Nase, als er das Glas zum Mund führte.

Er nahm es kaum wahr.

Ohne lange zu überlegen, kippte er die teure Spirituose hinunter. Er bemerkte Gehrings betroffenen Blick und entschuldigte sich sofort. „Tut mir leid, das war jetzt für die Nerven, nicht für die Seele. Ein lauwarmer Wodka hätte es wohl auch getan."

Er betrachtete das leere Glas vielsagend. „Den nächsten werde ich versuchen, zu genießen."

Gehring wirkte skeptisch, während er Karlo beobachtete.

Er entdeckte tiefe Sorgenfalten auf Karlos Stirn. Sein gelegentlicher Mitstreiter schien extrem zerknirscht.

„Das ist ja der Mist!", brach es dann niedergeschlagen aus ihm heraus. „Ich habe nicht nur nicht abgeschlossen. Ich habe auch noch den Schlüssel steckenlassen."

Sein verzweifelter Blick streifte Gehring. „Jeannette wird mir die Kehle durchbeißen. Ich habe keine Ahnung, wie ich ihr das beibringen soll. Und erst Sina. Was soll ich ihr sagen? Sie hat den Wagen ganz neu gekauft. Das ist eine einzige Katastrophe. Eines ist sicher: Ich kann mir schon mal eine neue Bleibe suchen."

Dem Ex-Hauptkommissar fielen zunächst keine tröstenden Worte ein. Zu verfahren war das Ganze. Und er hatte die Vermutung, dass da noch etwas war. Er hakte nach.

„Das war aber noch nicht alles, oder?"

„Woher wissen Sie das?"

„Das weiß ich nicht, das vermute ich."

Ein tiefer Seufzer war die Antwort.

„Ich hatte also recht. Und?"

„Hinter dem Fahrersitz."

„Der Fahrersitz? Ja? Was ist mit dem?"

„Dahinter liegt Nowitzkys Pistole!"

–

„Zum Glück hatte ich den Revolver entladen." Karlo schaute trotzdem nicht besonders glücklich. „Sollte jemand das Ding in die Finger bekommen, kann er wenigstens kein Unheil anrichten."

„Wenn er nicht im Besitz der passenden Munition ist", dämpfte Gehring den aufkommenden Optimismus.

Karlo überhörte die Bemerkung geflissentlich und lenkte das Gespräch in eine andere Richtung.

„Hoffentlich nehmen die uns das ab." Er klang nicht besonders überzeugt. „Ich muss den Erpressern schnellstens die Nachricht zukommen lassen, dass der Auftrag erledigt ist. Aber wie?"

Ohne große Erwartung wählte er noch einmal die Nummer, die er vom Erpresser am Donnerstag bekommen hatte.

Wie vermutet, war der Anschluss nicht zu erreichen.

„Nichts zu machen“, klagte er. „Die melden sich nicht. Verdammt, was soll ich bloß machen. Ich kann doch nicht herumsitzen und nichts tun.“

Gehring schaute ähnlich unzufrieden.

„Was glauben Sie“, überlegte er, „wer das Auto weggefahren hat? Kam da ein Unbeteiligter zufällig vorbei und hat sich gefreut, dass der Schlüssel steckt, oder hängt das mit unserer Geschichte zusammen?“

„Was hätten die Erpresser davon, wenn sie den Wagen klauen? Sie haben keine Papiere, und ein Mittelklasse-Skoda ist nicht das, was sich der klassische Autoschieber als fette Beute vorstellt.“

„Tja!“ Gehring wischte sich erschöpft übers Gesicht. „Sie sollten den Wagen als gestohlen melden.“

„Die Polizei wird begeistert sein, wenn ich erzähle, dass ich den Schlüssel habe stecken lassen. Hoffentlich sind meine speziellen Freunde nicht in der Wache.“

Dietmar Hund und Manfred Haffmann, die beiden etwas tapsigen Streifenbeamten, verband eine Hassliebe mit Karlo, sie hatten ihn schon lange auf dem Kieker und versuchten mit viel Geduld, ihm immer wieder was anzuhängen. Was oft schon wie ein Bumerang auf die Beamten zurückgekommen war und deshalb die Beziehung nicht verbesserte.

Gehring lächelte müde. „Was wollen Sie jetzt machen? Wie kriegen Sie Kontakt mit dem Erpresser? Oder wollen Sie warten, bis er anruft?“

„Sie haben doch einen Farbdrucker hier, oder?“

„Ja, klar.“

Karlo hielt sein Smartphone in die Luft. „Könnten Sie mir schnell noch ein paar Bilder von unserem Toten ausdrucken? Dann mache ich einen Umschlag für den oder die Erpresser zurecht und gebe ihn in der *Schiffschaukel* ab. Ich bin fast sicher, so wird er den Adressaten erreichen. Und wenn nicht – irgendwann wird sich der Dreckskerl bestimmt melden. Schließlich will er was von mir."

„Gut. Das wäre ein Anfang. Kommen Sie mit, dann drucken wir die Bilder noch aus."

Im Büro angekommen, schaltete Gehring den Drucker ein. „Ich habe mir überlegt, Harald Reichard vielleicht doch anzurufen. Wir brauchen dringend ein paar Infos. Ich würde gerne so schnell wie möglich herausbekommen, mit wem wir es hier zu tun haben."

„Das ist eine gute Idee. Ich bin sicher, da gibt es einiges zu erfahren." Er streckte Gehring das Smartphone mit den Bildern hin.

Karlo staunte nicht schlecht. Auf dem Ausdruck sahen die getürkten Schussverletzungen noch echter aus als auf dem Display. Wenn er Glück hatte, könnte es funktionieren.

Und wenn es nur einen Zeitgewinn brachte.

Er steckte die Bilder in einen Umschlag, den Gehring ihm zugesteckt hatte. Nach dem Frühstück würde er noch einige Zeilen dazu schreiben. Für den Nachmittag plante er, der *Schiffschaukel* einen Besuch abzustatten.

Montagfrüh, 25. April, gegen halb drei
Frankfurt-Fechenheim

17

Im Wohnzimmer lief der Fernseher. Ein alter Tatort aus den Achtzigerjahren flimmerte über den Bildschirm. Jeannette war eingedöst und lag leise atmend auf ihrer blauen Couch.

Sollte er sie wecken? Ganz gleich, wie er es machte, er würde in ein Wespennest stechen. Die Frage, ob er Sinas Skoda wieder heil zurückgebracht habe, schwebte förmlich im Raum. Gewiss war das auch der Grund, weshalb Jeannette noch nicht im Bett lag. Während des Wartens war sie vor Erschöpfung eingeschlafen.

Es half nichts. Da musste er nun durch.

Er nahm die Fernbedienung vom Tisch, setzte sich in den Sessel und schaltete den Fernseher aus. Kommissar Brinkmanns schnauzbärtiges Beamtengesicht versank im Meer der verlöschenden Bildschirm-LEDs, Jeannette hingegen erwachte sanft aus dem Reich der Träume. Sie gähnte, rieb sich die Augen, setzte sich auf und sah Karlo an.

„Karlo? Endlich. Wie spät ist es? Wo warst du so lange?"

Karlo gab sich keinen Illusionen hin. Das war nur das Vorgeplänkel. Und eigentlich brauchte er darauf erst gar nicht zu antworten.

„Halb drei", sagte er trotzdem beklommen.

Quälende Sekunden der Stille folgten.

Dann: „Alles in Ordnung mit Sinas Auto?"

Mehr Stille.

Noch mehr Stille.

„Karlo?“

„Äh, ja, also ...“

Ein argwöhnischer Blick traf den Spätheimkehrer.

„Kaarlooo?“

Karlo schluckte schwer. „Hör mir zu, Jeannette. Was ich jetzt sage, muss gar nichts bedeuten. Also bitte, reg dich nicht auf. Es ist nicht so, wie du denkst ...“

„Seit wann hat es eine Bedeutung, wenn du etwas sagst? Und woher willst du wissen, wie ich denke? Das hast du noch nie getan. Was also ist mit dem verdammten Auto?“

„Das Auto ist – äh – weg.“

Karlo duckte sich, als erwarte er ein Wurfgeschoss. Zum Glück standen keine passenden Gegenstände in Griffweite. Der Wutausbruch blieb fürs Erste aus. Im Gegenteil, Jeannette war gefährlich ruhig.

„Aha! Weg! Klar, was auch sonst?“

„Äh, ja. Genau.“

„Und was heißt das?“

„Der Wagen wurde gestohlen.“

„Gestohlen? Dann hol ihn dir zurück!“

„Ja, wenn das so einfach wäre. Ich habe ihn zumindest schon mal bei der Polizei als gestohlen gemeldet. Deshalb bin ich auch so spät“, nutzte er die naheliegende Ausrede. Er grinste verlegen. „Ich habe aber Glück gehabt. Hund und Haffmann hatten keinen Dienst, und ...“

„Hund und Haffmann!“, brüllte Jeannette mit einem Mal. Sie sprang auf wie von der Tarantel gestochen und stippte Karlo den Zeigefinger auf die Brust. „Was glaubst du wohl, wie mich das juckt? Das interessiert mich, als wenn in der Fechenheimer Turnhalle ein Medizinball platzt. Sieh lieber zu, dass du das Auto wieder auftreibst!"

Karlos Hoffnung, Jeannette könnte besonnen reagieren, löste sich in Luft auf. Hektische rote Flecken zeigten sich in ihrem Gesicht.

„Was soll ich Sina jetzt erzählen?", dröhnte es Karlo in unverminderter Lautstärke entgegen. „Das Auto ist brandneu, sie hat es mir anvertraut. Und nun ist es weg, weg, einfach weg!" Ihre Stimme war noch eine Spur schriller geworden. „Weißt du was?", kreischte sie weiter, „wenn der Wagen spätestens übermorgen nicht wieder da ist, dann bin *ich* weg. Oder besser gesagt, *du* packst dein Bündel!"

Unbeholfen versuchte Karlo, die Wogen zu glätten. „Jeannette!", versuchte er sein Glück. „Jetzt hör mir mal zu. Nur einen Moment. Ich weiß, das ist eine dumme Sache, und ..."

„Eine dumme Sache? Was willst du mir damit sagen? Es ist also dumm, wenn du dir ein Auto klauen lässt? Die einzige Sache, die hier dumm ist, bist du! Dumm wie drei Meter Offenbacher Feldweg. Das ist dein Problem!"

Jeannette sprang auf und lief aus dem Raum. „Ich geh ins Bett. Und lass dir bloß nicht einfallen, ins Schlafzimmer zu kommen. Kannst ja bei der Katzenbach schlafen, wenn dir die Couch zu unbequem ist."

Damit knallte die Schlafzimmertür zu.

–

Als Karlo nach einigen Stunden auf der Couch erwachte, war es verdächtig still in der Wohnung. Er schaute auf das Handy-Display, es war kurz vor halb sieben. Im gleichen Moment aktivierte sich die Weckfunktion.

Er schaltete das Gepiepse aus, stand auf und ging zur Küche. Niemand da. Er schlurfte zum Schlafzimmer, öffnete behutsam die Tür ein paar Zentimeter und steckte den Kopf durch den Spalt. Das Bett war schon gemacht.

Eigentlich hatte er ihr anbieten wollen, sie mit dem Granada auf die Arbeit zu bringen, dass sie nicht mit der Straßenbahn fahren musste, jetzt, wo Sinas Wagen nicht zur Verfügung stand.

Doch dieses großzügige Manifest seines guten Willens zu präsentieren, blieb ihm verwehrt. Jeannette war schon weg.

Er ging wieder in die Küche und setzte Kaffee auf. Dann ging er ins Bad, putzte die Zähne, duschte und zog sich an. Zurück in der Küche, goss er sich Kaffee in eine Tasse und hockte sich an den Küchentisch. Da sah er den Zettel. Jeannettes Schrift, hastig hingeworfen, keine Anrede.

Falls du deine Autoschlüssel suchst: Die habe ich. Ich muss ja irgendwie zur Arbeit kommen und habe mir den Granada genommen. Ach ja: ich hoffe sehr, er wird mir nicht geklaut.

„Scheiße!"

Karlo schlug mit der flachen Hand auf den Tisch, dass der Kaffee auf die Untertasse schwappte.

Eigentlich konnte er sie verstehen. Doch sein Ärger überwog. Man hätte wenigstens vorher darüber reden können.

Sollte er nun mit der MZ zur *Schiffschaukel* fahren? Oder lieber mit der Straßenbahn? Dann wäre es nicht schlimm, wenn er etwas trinken würde. Obwohl – ein klarer Kopf wäre sicherlich die bessere Wahl, und die Idee, die ihm gerade kam, würde sich ohne Alkohol besser durchführen lassen.

Trotzdem verzichtete er auf die Fahrt mit seinem geliebten Zweitakter und stieg einige Stunden später in einen Wagen der Linie 11.

Montag, 25. April
Frankfurter Bahnhofsviertel

18

Der Wirt lehnte auf beiden Ellbogen hinter der Theke, vor sich ein aufgeschlagenes Boulevard-Blatt.

Als Karlo die Tür aufzog, sah er, wie der Mann hinter dem Tresen nach einem Kaffeebecher greifen wollte. Die Bewegung fror auf halbem Weg ein, als der Kneipier Karlo erkannte.

Karlo schaute durch die Gaststube. Die Kneipe war leer. Er war der einzige Gast.

„Karlo Kölner“, kam es ihm überrascht entgegen.

„Stunt“, gab Karlo zurück. „So nennen dich doch deine Freunde, oder?“

„Richtig.“

„Dann darf ich dich doch Stunt nennen?“ Karlo starrte dem Wirt ausdruckslos in die Augen.

Stunt wich seinem Blick nicht einen Millimeter aus. „Tu dir keinen Zwang an.“ Er schlug die Zeitung zu, ohne den Blick zu senken.

„Bier?“

„Kaffee, bitte.“

Stunt verzog das Gesicht. „Warum bist du hier?“, fragte er misstrauisch und hielt den Blickkontakt.

Karlo starrte zurück. „Ich hatte versprochen, wiederzukommen.“

„Das weißt du noch? Respekt!“

„Hat jemand nach mir gefragt?“

„Wer sollte nach dir fragen?“

„Der, von dem ich glaube, dass er nach mir gefragt haben könnte.“

„Aha. Und wer sollte das sein?“

„Wenn ich das wüsste, wäre ich nicht hier. Was macht mein Kaffee?“

Stunt drehte sich weg und lief zur Kaffeemaschine.

„Kommt.“

Er nahm die halbvolle Kanne, goss Karlo einen Becher voll und stellte ihn auf den Tresen.

„Milch? Zucker?“

„Wenn ich was Süßes brauche, gehe ich ein paar Häuser weiter.“

„Witzbold. Also: Warum bist du hier?“

„Sagte ich doch. Weil ich es versprochen habe.“

Karlo streckte sich und gähnte. Nachdem er an seinem Kaffee genippt hatte, fragte er beiläufig: „Wie geht es eigentlich dem Baron? Kommt er heute noch?“

Stunt zeigte keinerlei Reaktion. „Lange nicht gesehen“, brummte er unbeteiligt.

„Ach. Wie lange denn?“

„Mann. Du stellst die falschen Fragen.“

Karlo nickte mit dem Kopf zur Tür neben der Theke. „Wenn ich auch mal was Privates habe, wie sieht es dann damit aus? Könnte ich da auch ...“

Stunts Augen verengten sich. „Was willst du?“

Karlo warf den Umschlag auf den Tresen.

„Nehmen wir mal an“, begann er und rieb sich angestrengt den Nacken, „nehmen wir also einfach nur mal an, da käme einer hier rein und würde nach mir fragen. Wirklich nur mal angenommen."

„Mmh? Und?"

„Wenn dieser Fall also eintreten würde – könntest du diesem Gentleman den Umschlag hier übergeben?" Er blinzelte den Wirt verschwörerisch an. „Möglichst ohne reingeschielt zu haben?"

„Kann's ja versuchen."

„Prima. Du bist ein wahrer Freund. Was kriegst du für den Kaffee?"

„Geht auf's Haus!"

Karlo warf noch einen letzten Blick auf die Tür neben dem Tresen. „Alte Tradition, was? Na, dann, vielen Dank. Meinen nächsten Geburtstag feiere ich bestimmt hier."

„Pass nur auf, dass dein nächster Geburtstag nicht dein letzter wird."

„Ja, das werde ich bestimmt tun." Karlo hob die Hand. „Ich muss dann mal los."

An der Tür drehte er sich noch einmal um.

„Einen schönen Gruß an den Baron. Falls er zufällig reinschaut."

Und weg war er.

Dienstag, 26. April
Frankfurt am Main

19

Georg Gehring hob das Telefon ab. „Hallo, Harald." Er begrüßte seinen Ex-Kollegen ebenso freundlich wie gespannt, ließ sich mit dem Hörer am Ohr auf seinen Bürosessel fallen und lehnte sich bequem zurück. „Hast du was rausbekommen?"

„Tja, Georg, du weißt schon, dass du dir da ein paar richtige Spezialisten ausgesucht hast?"

„Spezialisten, nun ja, kann schon sein. Was hast du für mich?"

„Diese Kneipe, die *Schiffschaukel.*"

„Ja?"

„War eigentlich immer eine ganz normale Bierkneipe. Gepflegtes Pils, kleine Gerichte, gemischtes Publikum. Ein paar Nutten, ein paar Touristen, ein paar Geschäftsleute aus dem Viertel – nichts Weltbewegendes." Reichard machte eine Kunstpause. „Aber dann", fuhr er fort, „vor gut einem Jahr. Da übernahm Vico Meininger das Lokal. Betreibt schon länger ein Wettbüro in der Kaiserstraße. Alles ganz legal, keine krummen Sachen, zumindest wissen wir nichts davon. In der Szene nennen sie ihn *Stunt.* Angeblich hat er früher beim Film als Double gearbeitet."

„Und auf was wird da gewettet?"

„Das Übliche. Sport eben, Fußball, Pferde und so weiter."

„Und was ist daran das Spezielle?"

„Dazu wollte ich gerade kommen. Im Wettbüro eigentlich nichts. Es wird aber geflüstert, dass in der *Schiffschaukel* ebenfalls gewettet wird. Und hier wird es interessant. Diese Wetten gibt es offiziell nicht."

„Also illegale Wetten."

„Ja, aber es ist nicht so einfach. Es kann erstens nicht jeder wetten. Und zweitens weiß ich nicht, ob überhaupt was dran ist."

„Was heißt das?"

„Wenn es stimmt, was ich gehört habe, scheint es da um einen Haufen Geld zu gehen. Nicht nur mal schnell einen Hunderter auf 'nen Favoriten setzen und mit Hundertdreißig wieder nach Hause gehen."

Gehrings Interesse stieg. „Wie viel Geld?"

„Die Wetten sollen wohl erst ab einem hohen fünfstelligen Betrag losgehen. Und darüber selektieren sich auch die Mitspieler."

„Weiß man, wer da alles wettet?"

„Scheinbar Leute, denen ihr Leben langweilig ist, die einen bestimmten Nervenkitzel suchen. Es sollen auch bekannte Persönlichkeiten mitspielen. Anwälte, Ärzte, Politiker und auch prominente Sportler."

„Und woher hast du das?"

„Es gab mal eine Anzeige. Jemand hat einen Haufen Geld verloren und fühlte sich betrogen. Er hat Anzeige erstattet, es gab aber keine Beweise, und die Sache ist im Sande verlaufen.

„Und was wird angeboten? Ich meine, auf was kann man wetten?"

„Jedenfalls keine richtigen Sportwetten. Angeblich funktioniert das so: Es wird eine einfache, aber ungewöhnliche Wette angeboten. Zum Beispiel setzt der Anbieter darauf, dass innerhalb eines genau festgelegten Zeitraumes etwas Schlimmes passiert."

„Zum Beispiel?"

„Im Fall der Anzeige soll der Anbieter behauptet haben – immer vorausgesetzt, dass es stimmt – dass im Laufe des vergangenen Novembers, in der Zeit vom ersten bis einschließlich dem dreißigsten, am Sachsenhäuser Ufer ein ganz bestimmter Bus in Flammen aufgeht. Der Spieler hält mit seiner Summe dagegen. Wenn der Bus brennt, hat der Spieler Pech gehabt und die Kohle ist weg. Brennt er nicht, dann gibt es nach einer ausgeklügelten Quotenrechnung je nach Anzahl der Mitspieler eine Menge Geld zurück."

„Ich vermute, der Bus hat gebrannt?"

„Ja, das hat er. Stand damals in allen Zeitungen. Aber der Kläger hat behauptet, es wäre der falsche Bus gewesen, der gebrannt hat."

„Und da wollte er seinen Gewinn aus der illegalen Wette einklagen? Das ist ja bizarr. Leute gibt's!"

„Das war natürlich nicht möglich. Klar, oder? Deshalb ist die Klage auch gescheitert."

Gehring konnte es nicht fassen. „Mann, Harald, wenn das stimmt – so eine Wette ist ja nicht einfach ein Kavaliersdelikt. Das ist richtig kriminell. Da wird praktisch stillschweigend davon ausgegangen, dass die Mitspieler versuchen, das Geschehen zu beeinflussen. Bei der Bus-Wette zum Beispiel kannst du als Spieler versuchen, einen Brand zu verhindern ..."

„Richtig. Oder ihn auch zu legen!"

„Das ist hart. Was hast du noch?"

„Du hattest auch nach einem gewissen Von der Hatz gefragt."

„Ja. Habt ihr da was?"

„Wie man's nimmt. Ein Ex-Boxer. Die haben ihn damals *den Baron* genannt. Ein paar Drogen, Eigenbedarf, Körperverletzung, sonst nichts. Dreht gern am Rad, wenn er zu viel intus hat. Was interessant ist: Er stammt aus einer Adelsfamilie. War immer das schwarze Schaf, ziemlich heruntergekommen. Ist allem Anschein nach der letzte Spross der Familie. Vor einiger Zeit ist seine letzte Verwandte gestorben. Eine Großtante. Sein richtiger Name ist *Johannes Ferdinand Pinkus von der Hatz.* Er war nie verheiratet, einen Sohn hat er allerdings, unehelich."

„Johannes Ferdinand Pinkus?"

„Ja, der hat noch zwei weitere Namen. Aber die hab ich mir geschenkt. Brauchst du die unbedingt?"

„Lass gut sein. Und der Sohn?"

„Nichts."

„Das heißt?"

„Hab nichts bei uns über ihn gefunden. Vielleicht ist er ja sauber. Ist das denn wichtig?"

„Weiß nicht. Wahrscheinlich nicht." Gehring überlegte. „Wo wohnt der blaublütige Herr denn?"

„Nicht ganz standesgemäß, in der Groß-Hasenbachstraße in Offenbach."

Gehring notierte die Adresse. „Und was ist mit Dominik Nowitzky?", wollte er dann wissen.

„Eigentlich auch nichts Großes. Hat bei Vico Meininger im Wettbüro gearbeitet. Sein Spitzname ist in der Szene *Der Henker.* Weil er meistens ganz in Schwarz gekleidet ist und so einen komischen Schlapphut trägt."

„Was heißt *hat gearbeitet*?"

„Das, was es heißt. Jetzt arbeitet er nicht mehr dort."

„Aha, und hat das einen besonderen Grund?"

„Eigentlich nicht."

„Eigentlich?"

„Na ja, da wird was gemunkelt. Ich weiß aber nicht, was dran ist."

„Und? Was wäre das?"

„Man sagt, er hätte da immer mal wieder was mit einer Frau gehabt. Möglicherweise hat das für dicke Luft gesorgt." Reichard machte eine Kunstpause. „Und jetzt rate mal, warum."

„Komm schon, Harald, fang bloß nicht wieder mit deinen Ratespielchen an. Ich hatte gedacht, das hättest du dir abgewöhnt. Schieß los, warum gab es Ärger?"

„Ich weiß nicht sicher, ob es überhaupt Ärger gegeben hat. Er könnte auch aus einem anderen Grund aufgehört haben."

Gehring wurde ungeduldig. „Aber?"

„Diese Frau, das war die Freundin von Meininger."

„Oh!"

„Genau."

Kurz nachdem sich Gehring von seinem ehemaligen Kollegen verabschiedet hatte, wählte er Karlo Kölners Nummer.

Er hörte nur das Besetztzeichen.

Dienstag, 26. April
Frankfurt am Main

20

Karlo erkannte die Bernhardiner-Stimme augenblicklich. Sie verursachte ein flaues Gefühl in seinem Magen.

„Das ging ja schneller als gedacht. Respekt!", klang es ihm entgegen. „Ich dachte mir schon, dass du ein guter Mann bist."

„Damit bin ich also raus aus der Sache!"

„Du bist gut", grollte der Bernhardiner und ließ ein fieses Lachen folgen. „Wie stellst du dir das vor? Wenn man zwei Leute umgebracht hat, ist man nie raus."

„Was soll das heißen, zum Teufel?", stieß Karlo aufgebracht aus.

„Dass ich demnächst noch eine schöne Aufgabe für dich habe."

Karlos Blutdruck erhöhte sich spürbar. Doch eigentlich hatte er so etwas schon erwartet. Man soll sich niemals erpressen lassen. Die meisten Erpresser geben keine Ruhe, bis es nichts mehr zu holen gibt. Leider war das in seinem Fall leichter gesagt als getan. Er musste einen Weg finden, den Spieß umzudrehen. Aber wie? Er schloss die Augen, lehnte sich zurück und atmete tief und regelmäßig.

„Gut, wie du willst", versetzte er nach einer kurzen Pause, so ruhig es ihm möglich war. „Ich nehme die Herausforderung an."

Der Anrufer reagierte verdutzt. „Wie meinst du das?"

„Ganz einfach. Ich akzeptiere, dass du dein Spiel spielst. Im Gegenzug spiele ich ab jetzt meines, und du wirst damit leben, dass ab jetzt andere Regeln gelten."

Hämisches Lachen war die Antwort. „Du erinnerst dich aber schon noch daran, dass ich unser schönes Filmchen jederzeit den Bullen vorführen kann?"

„Das wird dir nicht viel bringen. Dann buchten die mich ein, und du kannst deine Aufträge selbst erledigen. Ganz abgesehen davon, dass die Polizei von deiner Erpressung erfährt."

„Und wenn mir das egal ist? Die Polizei kennt mich nicht. Und du auch nicht."

„Du glaubst, du hast mich an den Eiern?", knurrte Karlo. „Gut, mein Freund, die zweite Runde ist eröffnet. Ich gebe dir einen guten Rat: Fühl dich ab jetzt nicht mehr sicher."

Dann legte er auf.

Es dauerte keine drei Sekunden. Erneut meldete sich Karlos Telefon. Zuerst wollte er wütend aufbrausen, doch Georg Gehring kam ihm zuvor. „Hier ist Gehring. Herr Kölner, ich ..."

„Ach, Herr Gehring, Sie sind das. Ich hatte jemand anderes erwartet. Gibt es was Neues?"

„Harald hat ein paar Sachen rausgekriegt. Wir sollten uns bald zusammensetzen."

„Sehe ich genauso. Ich hatte gerade eben wieder einen Anruf. Soll ich gleich vorbeikommen?"

„Nur zu. Ich bin zu Hause. Setzen Sie sich in Ihr lila Monster und machen sich auf den Weg."

„Hat sich was mit lila Monster. Den Granada hat Jeannette konfisziert. Sie ist natürlich total sauer wegen Sinas geklautem Wagen. Na ja, wenigstens redet sie noch mit mir", berichtete er traurig. „Allerdings nur das Nötigste. Ich werde also wie gewohnt mit meiner MZ kommen."

Keine Viertelstunde später trat Karlo auf den Kickstarter seines geliebten MZ-Gespannes. Nach dem dritten Versuch sprang der Motor an. Dicke Qualmwolken quollen aus dem Auspuff des Zweizylindermotors, als er Richtung Birsteiner Straße knatterte. Das Thema Feinstaub war im Wörterbuch der ehemaligen DDR nicht vertreten gewesen.

–

„Illegale Wetten, sagen Sie?" Karlo runzelte die Stirn. „Dass ich an so etwas nicht gedacht habe."

Gehring schaute erstaunt. „Wie soll ich das verstehen?"

„Nun ja, als ich in der *Schiffschaukel* an der Theke saß, nach dem Knockout des Barons, kamen immer wieder Leute rein, die in einem Hinterzimmer verschwanden. Und irgendwie hatte ich den Eindruck, dass die nicht in diese Spelunke passten."

„Wie meinen Sie das?"

„Das waren alles gutsituierte Leute. Zumindest was das Aussehen betraf. Niemand aus der üblichen Szene, oder naive Landeier, die schnell mal abgezockt werden, die sehen anders aus. Mir war aber nicht klar, was das bedeuten könnte. Neugierig, wie ich bin, habe ich den Wirt danach gefragt. Das war aber ein Fehler, wie ich vermute."

„Ein Fehler?"

„Er hat ziemlich gereizt reagiert. Gab mir durch die Blume zu verstehen, ich solle meine Neugier zügeln."

„Das passt zu Reichards Geschichte mit den Wetten."

„Genau. Aber was hat das, verflucht nochmal, mit *meiner* Geschichte zu tun?" Karlo war ratlos. „Hat es denn überhaupt was damit zu tun?", dachte er laut weiter.

„Das müssen wir noch herausfinden. Ihrem netten Erpresserfreund haben Sie auf jeden Fall einen dicken Brocken hingeworfen. Wollen wir mal sehen, wie er drauf reagiert, dass sein Opfer renitent wird." Gehring schaute Karlo unternehmungslustig an. „Wissen Sie was?"

„Ja? Äh ... ich meine, nein?"

„Ich ziehe mir jetzt meinen besten Anzug an und werde mal eine Wette platzieren."

„In der *Schiffschaukel*?", fragte Karlo ungläubig.

„Ich werde doch nicht mit der Tür ins Haus fallen. Das wird kaum funktionieren. Meininger wird nicht dem erstbesten Zocker heikle Wetten anbieten. Ich schau mir zuerst mal sein Wettbüro an. Vielleicht ergibt sich da etwas. Außerdem haben wir den Herrn Nowitzky. Möglicherweise kann er mir den einen oder anderen Tipp geben. Da fällt mir ein: Ich muss ihm sowieso noch einige Sachen ins Hotel bringen. Da werde ich mit ihm reden."

Gehring schaute verstohlen zur Bürotür. „Meine Frau fährt heute Nachmittag für einige Tage zu einer Freundin. Sie wissen doch, wir wollten eine Woche an die See fahren, und das fällt ja nun flach. Auf diese Weise muss sie sich keine Sorgen machen, wenn es bei mir spät werden sollte. Weil Sie es erst gar nicht mitbekommt."

„Gut!" Karlo schien zwar zufrieden, doch das schlechte Gewissen schlich sich in sein Gemüt. „Versuchen Sie Ihr Glück", befand er totzdem, „dann fahre ich nach Offenbach und checke die Adresse des Barons. Wir können ja in Verbindung bleiben." Ein ironisches Lächeln huschte über Karlos

Gesicht. „Tja, Herr Gehring, dann verspielen Sie mal nicht Ihr schönes Häuschen."

„Eigentlich hatte ich vor, mir eine Viertelmillion in bar einzustecken. Finden Sie das zu wenig?", kalauerte Gehring.

„Gerade richtig", ulkte Karlo zurück. „Dann kennen Sie bestimmt das Geheimnis, wie Sie aus einem Wettbüro ein kleines Vermögen mit nach Hause bringen?"

Gehring schüttelte den Kopf. „Nein, das kenne ich nicht. Verraten Sie es mir?"

„Gehen Sie mit einem großen hin."

–

Auf der Carl-Ulrich-Brücke zwischen Fechenheim und Offenbach führte wieder der Stau sein grausames Regiment, so wie an fast jedem Werktagnachmittag. Karlos Zweitaktschwaden mischten sich aufs Trefflichste mit dem gesättigten Stickoxid-Feinstaub-Kohlendioxid-Gewabere aus den Endtöpfen der geländegängigen SUVs, die von reichlich rigorosen Rallyefahrern durch die unerfreulichen urbanen Unwegsamkeiten bugsiert wurden.

Karlo war somit auf dem Weg ins innerstädtische Outback, sprich: nach Offenbach.

Am Ende der Kaiserstraße fand er eine winzige Parklücke, in die sein Gespann genau reinpasste, und beinahe war er froh, dass er nicht mit dem wesentlich ausladenderen Granada hatte fahren können, denn die Offenbacher Parkplatzsituation war mitnichten ein sprudelnder Quell der Freude. Liebevoll-verstohlen tätschelte er die Sitzbank seines dreirädrigen Gefährtes und machte sich auf Schusters Rappen auf den nicht mehr allzu weiten Weg zur Groß-

Hasenbachstraße, in der Reichards Recherchen zufolge *der Baron* residierte.

Oder residiert hatte. Wer wusste das schon ...

Reichards Informationen stimmten. Das Klingelschild zeigte tatsächlich den Namen *von der Hatz*. Auf dem Briefkasten klebte der obere Teil einer Visitenkarte, bestückt mit einer goldenen Krone und dem Namen Johannes Ferdinand Pinkus von der Hatz. Auf die weiteren Vornamen schien der Baron ebenfalls keinen großen Wert zu legen. Oder die Druckerei hatte auf der Karte keinen Platz mehr gefunden.

Wenn Karlo sich auf die Einteilung des Klingelbretts verlassen konnte, befand sich der adelige Wohnsitz im Erdgeschoss.

Karlo erschrak ein wenig, als sich die Tür von innen öffnete. Eine abgehärmte ältere Frau verließ den Hausflur und trat auf die Straße. Sie taxierte ihn mit einer Mischung aus Neugier und Misstrauen. „Zu wem wolle Sie denn?“, erkundigte sie sich in breitem Offenbacher Dialekt. „Sie wohne doch net hier? Odder komme Sie wesche der Wohnung? Die is abber noch net leer.“

Nach kurzem Zögern antwortete Karlo freundlich. „Ich wollte zu Herrn von der Hatz.“, schnurrte er. „Der wohnt doch hier?“

„Der wohnt eischentlich net mer hier. Der is umgezoche. Hat 'ne große Erbschaft gemacht, heißt es. Unn hat sich mit dem Geld e klein Schlössje gekauft. Kommt jetzt nur noch ganz selten her, um die Wohnung naach unn naach zu räume.“

„Ein Schlösschen? Interessant. Wann haben Sie ihn denn zum letzten Mal gesehen?“

Die Alte überlegte. „Isch glaab am Dienstag letzte Woch“, verkündete sie dann. „Seitdem net mehr.“

„Aha. Und diese Erbschaft – von wem kam die?"

Die Stirn der Frau kräuselte sich. „Sinn Sie von de Bolizei?"

„Ich? Nein, wie kommen Sie denn darauf?"

„Ei, weil Sie so Fraache stelle, genau wie die Bolizei im Fernseher."

„Nein, nein, ich wollte nur erfahren, was Johannes heute so macht", log Karlo, ohne rot zu werden. „Wir sind zusammen in die Schule gegangen, wissen Sie."

Der Frau standen die Zweifel ins Gesicht geschrieben.

„Ich hänge ihm eine Nachricht an die Tür", schlug Karlo vor, als sie nicht reagierte. „Dann kann er sich ja bei mir melden."

Er hoffte, dass die Frau nicht an die Existenz des Briefkastens dachte, aber er musste unbedingt ins Haus gelangen, ohne dass die Nachbarin Verdacht schöpfte, er könne etwas Unrechtes im Schilde führen.

„Das is eine gude Idee. Besser als der Briefkaste. Da fummele so e paar Mistkerle immer die Post raus. Mache Sie das mit der Tür, abber net *an* die Tür, sondern schiebe Sie den Zettel *unner* de Tür durch. Des is sicherer."

Oder so! Karlo atmete auf.

Er trat in den Hausflur, als die Frau ihn auf die Schulter tippte. „Unn Sie sinn *doch* von der Bolizei. Des merk isch doch. Saache Sie mal: Wolle Sie net hier einziehe? Da würd wenigstens einer auf uns uffpasse."

Karlo lächelte schalkhaft. „Ich werde darüber nachdenken, Frau ...?"

„Mildenberg."

„Ja, Frau Mildenberg. Ich denke darüber nach. Und vielen Dank für Ihre Auskunft."

Karlo winkte der Frau noch einmal und wandte sich der Wohnungstür zu.

Mit dem Daumennagel drückte Karlo auf die Klingel neben der Wohnungstür. Für einen Moment stellte er sich ein Stück zur Seite, um nicht durch den Spion gesehen zu werden. Doch es war niemand zu Hause. Dann zog er seine dünnen Lederhandschuhe über.

Das ältliche Schloss stellte für Karlo keine große Herausforderung dar. Drei Minuten dauerte es, dann stand er in der Diele und drückte die Tür hinter sich zu.

Der erste Eindruck war ein enttäuschender. Die Wohnung war nahezu leer. Die Frau hatte recht gehabt. Hier war jemand am Ausziehen.

Karlo dachte an die Erbschaft. Wahrscheinlich hatte irgendein Entrümplungsunternehmen hier rein Schiff gemacht. Wenn dem Baron eine große Erbschaft zugefallen war, dann würde er in einem neuen Domizil bestimmt nicht in alten Möbeln wohnen wollen. *Nur*, fragte sich Karlo, *was war mit von der Hatz passiert*?

Im Wohnzimmer stand einzig noch ein guterhaltener Biedermeiersekretär. Karlo strich über das glatte rötliche Holz. Mahagoni, vielleicht Ende des neunzehnten Jahrhunderts. So etwas überlässt man nicht dem Entrümpler. Er lenkte seinen fachmännischen Blick auf den konvex gewölbten Hutschachtelaufsatz. Vielleicht acht- bis zehntausend Euro, schätzte er.

Das Schlafzimmer war ausgeräumt, die große Küche hingegen noch komplett mit Einbaumöbeln nebst Geräten ausgestattet. Da gab es einen Kühlschrank, den Herd, darüber die Abzugshaube, eine Spülmaschine und in der Ecke neben der Küchentür eine große Gefriertruhe. Womöglich wollte ein eventueller Nachmieter die Sachen übernehmen.

Moment mal.

Karlos Herz begann zu pochen.

Kühltruhe?

Karlo machte unwillkürlich einen Schritt in Richtung des Kühlmöbels. Ein leises Summen deutete darauf hin, dass es noch angeschlossen war. War das etwa ...

Langsam ging Karlo auf die Gefriertruhe zu. Bevor er den Deckel anhob, hielt er die Luft an.

Dienstag, 26. April
Frankfurt am Main

21

Gehring hatte im Hotel ein Nervenbündel angetroffen. Eine gute halbe Stunde hatte er gebraucht, um Nowitzky zu beruhigen und davon zu überzeugen, dass es für ihn die beste Option war, sich vorerst nicht aus dem Hotel zu wagen.

Eine weitere halbe Stunde hatte es gedauert, bis Nowitzky ein wenig aus dem Nähkästchen geplaudert hatte. Das Meiste davon schätzte Gehring als unwichtig ein. Die Wetten, die Meininger in der Kaiserstraße annahm, waren sauber, da zeigte sich *der Henker* sicher.

Allerdings hatte Gehring eine Art Code erfahren. Oder, besser gesagt, ein Coderitual, das nur besonders gute und vertrauenswürdige Gäste erhielten, um etwa einem interessierten und integren Freund zu ermöglichen, in die spezielle Wettszene in der *Schiffschaukel* einzusteigen. Die eingeführten Spieler hatten alle einen besonderen Nicknamen, den sie zu allen Wetteinsätzen benutzten, und mit dem sie auch Freunde als zuverlässig und verschwiegen empfehlen konnten. Einsätze und Auszahlungen wurden ausschließlich in bar abgewickelt.

Gehring ließ das Taxi direkt vor dem Wettbüro in der Kaiserstraße anhalten. Er trug einen dunkelblauen Anzug, über dem linken Arm baumelte lässig ein leichter Mantel, die teure Seidenkrawatte und handgenähte mittelbraune Schuhe unterstrichen den seriösen Charakter. Der schwarze Haarfilzhut im Capone-Stil verlieh seinem Outfit eine gewisse Verruchtheit. Seine Haare, die in letzter Zeit wieder ein wenig länger geworden waren, hatte er nach hinten gekämmt. Einige der Strähnen lugten dekorativ-lässig unter der Hutkrempe hervor. Ein Banker? Nein – oder etwa doch? Ein Künstler? Nun ja, möglicherweise eher ein Kunsthändler. Ein Promi? Vielleicht. Ein Geschäftsmann? Ganz bestimmt, und zwar einer mit Geld, woher es auch immer stammte. Gehrings Optik war auf dem Punkt.

Der Angestellte hinter dem Tresen schaute jedenfalls interessiert, als Gehring auf ihn zulief.

„Guten Tag", er fasste sich grüßend an die Hutkrempe und warf einen schnellen Blick in die Runde. „Wie ich vermute, bieten Sie durchaus die üblichen Wetten an?"

Der Mann antwortete, ohne nachzudenken. Sein osteuropäischer Akzent klang unerwartet weich. „Tennis, Basketball, Eishockey, Volleyball, Tischtennis, Handball, Baseball, Snooker, Badminton, Pferderennen, Schach, Motorsport, Fußball", rasselte er herunter, „was immer Sie wollen, mein Herr."

„Auch Spezialwetten?"

„Selbstverständlich auch Spezialwetten."

Gehring senkte die Stimme. „Und wie speziell, darf ich erwarten, sind diese Wetten?"

„Kurz gesagt: bei den Spezialwetten tippen Sie auf Ereignisse, die während eines Events passieren *könnten.*"

„Das heißt?"

„Nun ja, Sie wetten zum Beispiel auf den ersten bzw. letzten Torschützen in einem Fußballspiel, auf den Zeitpunkt des ersten Tores oder des letzten Tores, oder Sie wetten auf die Anzahl von gelben oder roten Karten, Eckbällen, Einwürfen", der Mann hob die Hände, „wir haben eine große Auswahl an Spezialwetten."

„Das ist alles gut und schön", befand Gehring gelangweilt, „doch Sportwetten sind nicht so mein Ding. Das finde ich auf die Dauer ermüdend. Vor allem, wenn man sich nicht besonders für Sport interessiert. Mir steht der Sinn eher nach etwas Anderem."

„Sie dachten dabei an etwas Spezielles?"

„Nun, ich dachte in der Tat an etwas Spezielles. Sehr ungewöhnliche Wetten für sehr ungewöhnliche Einsätze, wenn Sie verstehen."

Nun blickte der Mann misstrauisch hinter dem Tresen hervor. „Nein, ich verstehe nicht ganz." Der Akzent klang mit einem Mal eine Nuance härter.

Gehring schob sich den Hut aus der Stirn, dann beugte er sich über den Tresen. „*Neun Spieler können nicht einen einzigen Hahn ernähren*", flüsterte er, nachdem er sich vergewissert hatte, dass niemand im Raum Interesse an seinem Gespräch hatte.

Der Angestellte schürzte die Lippen. „Darf ich fragen, woher Sie das haben?"

„*Das ist ein jugoslawisches Sprichwort.*"

„Und wer hat Ihnen das gesagt?"

„Das hat mir der *Kleine Engel* gesagt."

Ein abgründiges Lächeln huschte über das Gesicht des Mannes hinter der Theke. „Dann wissen Sie auch, dass wir diese Wetten nicht machen."

Nun war Gehring irritiert. „Was soll das heißen?"

„Das heißt: *Wir* führen diese Wetten nicht durch. Sie

bekommen von mir eine Adresse. Die Adresse einer Gaststätte."

Er reichte Gehring eine Karte. „Sie gehen rein, zeigen dem Mann hinter der Theke Zeigefinger, Mittelfinger und Ringfinger der rechten Hand und gehen direkt durch die Tür links neben der Theke. Dort erfahren Sie mehr." Der Angestellte musterte Gehring eingehend. „Sie sind wirklich sicher? Sie kennen auch den Mindesteinsatz?"

„Natürlich", erwiderte Gehring glatt. „Fünfundzwanzigtausend."

Gehring nahm noch einmal die Karte in Augenschein, dann hob er die rechte Hand und spreizte die drei mittleren Finger ab. Mit dieser Geste verließ er das Wettbüro.

Kaum hatte sich die Tür geschlossen, schnappte der Mann hinter der Theke das Telefon und gab hastig eine Nummer ein. Als der Angerufene abnahm, wurde seine Stimme leiser. „Hallo, Vico, jetzt hör mir mal gut zu ...", flüsterte er.

Gehring bog derweil von der Kaiserstraße in die Weserstraße ab. Er war verhalten optimistisch. Wie es aussah, hatte er ganz einfach den Schlüssel zur Teilnahme an den speziellen Wetten gefunden. Beinahe zu einfach, dachte er nervös. Aber Nowitzky hatte sehr sicher gewirkt, als er ihm das Code-Ritual erläutert hatte.

Der ehemalige Polizist überlegte, wie er nun vorgehen sollte. Irgendwie hatte er das Gefühl, dass die illegalen Wetten in Zusammenhang mit den seltsamen Erpressungsversuchen an Karlo und Nowitzky standen.

Direkt in eine Wette einzusteigen, um seine Bonität zu beweisen, schied vernünftigerweise aus. Gehring wollte schlicht und einfach keine fünfundzwanzigtausend Euro verspielen. Allerdings musste er in die Höhle des Löwen vordringen, sonst würde er nicht an aktuelle Infos gelangen.

Ärgerlich schüttelte er den Kopf. Nahm er jetzt schon die chaotischen ermittlerischen Gepflogenheiten von Karlo Kölner an?

Dann blieb er stehen. Karlo Kölner. Das war das Stichwort. Gehring war eingefallen, dass er mit Karlo abgesprochen hatte, sich gegenseitig über die Entwicklung zu informieren. Als er auf sein Handy sah, entfuhr ihm ein leiser Fluch. Der Akku war leer. Das war ihm noch nie passiert.

Wütend auf sich selbst steckte er das Telefon wieder in die Tasche. Wurde er langsam nachlässig?

Nun ja, dann würde er eben heute Abend oder morgen früh berichten. Vielleicht hatte Karlo bis dahin auch schon neue Erkenntnisse gewonnen.

Dienstag, 26. April
Offenbach am Main

22

Karlo griff mit angehaltenem Atem nach dem Deckel der Gefriertruhe. Bevor er ihn berührte, schrak er zusammen.

Sein Telefon klingelte.

Genervt nahm er das Gespräch entgegen.

Ein wirrer Wortschwall schwappte ihm entgegen. Der Anrufer war hochgradig erregt. Karlo versuchte, ihn zu beruhigen. Kurz darauf hatte er zumindest begriffen, dass Dominik Nowitzky in der Leitung war und es geschafft, zu Wort zu kommen.

„Nun mal ganz langsam und der Reihe nach, mein Freund. Was ist passiert?"

„Passiert? Hoffentlich noch nichts. Ich habe einen furchtbaren Fehler gemacht. Und ich kann ihn nicht erreichen. Ich habe ihm zwar auf die Mailbox gesprochen, aber ich weiß nicht, ob er es abgehört hat."

„Ihm? Wem hast du auf die Mailbox gesprochen?"

„Deinem Partner, diesem Gehring. Du musst unbedingt versuchen, ihn zu erreichen. Sonst ist er geliefert."

„Ich verstehe kein Wort. Weshalb sollte Gehring geliefert sein?"

„Er hat mich danach gefragt, wie er an Meiningers speziellen Wetten teilnehmen könnte."

„Meininger? Der Wirt der *Schiffschaukel*? Stunt?"

„Genau der. Und Meininger hat auch ein Wettbüro in der Kaiserstraße."

„Das ist mir bekannt. Dort, wo du mal gearbeitet hast. Was hat das mit Gehring zu tun?"

„Woher weißt du, dass ich dort gearbeitet habe?"

„Ich mache eben meine Hausaufgaben. Im Gegensatz zu einem gewissen Herrn Nowitzky, der Fahrerflucht begeht und mit der Frau seines Chefs vögelt. Kein Wunder, dass alle hinter dir her sind."

Ein hilfloses Ächzen kam zurück.

„Also", wiederholte Karlo ungerührt, „was hat das mit Gehring zu tun?"

Nowitzkys Stimme klang belegt. „Gehring hat mich gefragt, wie es möglich wäre, Meiningers Vertrauen zu gewinnen, um in den Wettkreis zu gelangen."

„Und?"

„Ich habe es ihm gesagt. Das ist so eine Art Code-Ritual. Ein kurzes Frage-und-Antwort-Spiel, bestehend aus zwei Parolen und einem Kontaktnamen – der Nickname eines verlässlichen Mitspielers, der Gehring – angeblich – ermöglichen möchte, bei einer Wette mitzuspielen."

„Und was ist daran so schlecht?"

„Ich habe ihm zum Schluss aus Versehen den falschen Kontaktnamen gesagt. Der Name, den ich ihm genannt habe, ist ein Warncode."

„Und was bedeutet das nun?"

„Das bedeutet, dass, wenn Gehring versucht, mit dem Kontaktnamen reinzukommen, er sofort als Schnüffler identifiziert wird."

„Scheiße!"

„Ja. Tut mir leid."

„Das ist das Mindeste, oder? Aber das nutzt uns nichts. Denk jetzt gut nach. Hat er wenigstens gesagt, was er vorhat?“

„Nein.“

„Mist. Du bleibst unter allen Umständen im Hotel, hast du das verstanden?“

„Ja.“

„Und du versuchst weiter, Gehring zu erreichen.“

„Ja.“

„Vergiss es nicht.“

Karlo legte auf.

Das war ein gewaltiger Schlamassel. Eine wirklich dicke Tinte, in der Gehring zu sitzen schien.

Karlo rief Gehrings Nummer aus der Liste auf. *Der Teilnehmer ist vorübergehend nicht erreichbar. Wenn Sie eine Nachricht hinterlassen möchten …*

Toll! Was sollte er jetzt machen? Ihm waren praktisch die Hände gebunden.

Beklommen starrte er die Gefriertruhe an. Er steckte das Handy in die Tasche und hob den Deckel an. Er hatte es fast erwartet, trotzdem sträubten sich ihm die Haare. Karlo stand wie eingefroren vor dem Kühlmöbel, als hätte er selbst einige Tage darin gelegen.

Der Baron war zu Hause.

Karlos Gedanken kamen in Schwung. Die Tatsache, dass von der Hatz tot war, bedeutete, dass Karlo eigentlich nicht in der Wohnung überrascht werden konnte.

Nein. Falsch!

Andersherum gab es einen Sinn!

Irgendjemand musste den Baron in seiner eigenen Truhe

eingefroren haben. Das hieß, es konnte jederzeit ein ungebetener Gast auftauchen.

Jederzeit!

Es drängte also.

Ein wahnwitziger Gedanke schoss durch Karlos Kopf: Er musste den Baron hier wegschaffen! Nur dann hätte er den Rücken frei, in Ruhe zu ermitteln. Denn das Video allein würde nicht reichen, um die Erpressung fortzusetzen. Zumindest nicht, solange der Baron verschwunden war.

Aber wie sollte er das anstellen?

Dann kam ihm eine Idee.

Nur Minuten später hatte er Herbert Reinfeld am Telefon. Reinfeld, Mitglied des Motorradclubs, Moto-Guzzi-Fahrer, Inhaber einer Firma in Dietzenbach und guter Freund Karlos, würde ihm vielleicht aus der Patsche helfen können.

Was Karlo dabei auf der Seele lag: Er würde seinem alten Freund nicht alles erzählen können. Wenn Reinfeld die ganze Wahrheit kannte, würde er möglicherweise nicht mitspielen. Doch er musste dringend handeln.

„Hallo, Herbert“, begann er deshalb, vorsichtig und mit schlechtem Gewissen. „Haben uns länger nicht gesehen. Wie geht's dir denn?“

„Danke, ganz gut, und dir?“

„Ja, auch gut.“ Karlo wischte sich den Schweiß der Peinlichkeit aus der Stirn. „Die Firma läuft?“

„Nun, sagen wir mal: Es reicht. Geht so.“

Karlo wand sich innerlich wie ein Aal. Dann begann er, herumzudrucksen. „Sag mal, Herbert, äh, du ... du hast doch einen Transporter?“

„Ja, klar. Das weißt du doch. Warum?“

„Na ja, ich habe ... ich meine ich muss ...“

„Sag's doch gleich. Du hast etwas zu transportieren."

„Ja."

„Okay. Wann denn? Dieses Wochenende?"

„Na ja, es ist so – es drängt ein wenig und ..."

„Also heute." Reinfeld kannte seine Pappenheimer. Am liebsten hätte er den Bus verkauft. Aber er brauchte ihn für die Firma, und so war Reinfeld ein gerngesehener Gast auf den Umzugsparties seiner Freunde und Bekannten.

„Wenn du es genau nimmst, ja."

„Und sofort."

„Äh, ja."

„Was hast du denn zu fahren?"

„Eine Tiefkühltruhe."

„Aha. Und wo steht die?"

„In Offenbach."

„Nein, ich meine, in welchem Stockwerk?"

„Erdgeschoss."

„Na, dann ist das kein Problem. Die Dinger sind meistens nicht so schwer. Das packen wir zu zweit."

„Eher nicht. Die ist leider ziemlich schwer."

„Sag bloß, da ist noch was drin."

„Doch, ja, schon." Karlo hüstelte nervös. „Einiges sogar, könnte man sagen."

„Was machen wir also?"

„Ich rufe Karl an."

„Karl Einser?"

„Ja. Ich hoffe, sein Rücken ist wieder okay."

Karl Einser war ebenfalls Mitglied im Motorradclub. Außerdem war er Polizist. Er arbeitete als Hundeführer bei der Frankfurter Polizei. Und, passend zur Situation, war er von sehr kräftiger Statur und überdies krankgeschrieben.

„Vielleicht kann Kuhl auch noch kommen“, schlug er vor. „Zu viert ist es einfacher.“

Wolfhard Kuhl, Kassenwart des Clubs und ebenfalls ein guter Freund, würde bestimmt helfen.

„Pass auf, Herbert. Ich rufe die beiden an und sage dir Bescheid, ob sie Zeit haben. Dann treffen wir uns in der Groß-Hasenbachstraße in Offenbach. Das ist beim Hauptbahnhof. Ach ja, da ist noch was.“

„Was denn?“

„Kannst du für jeden von uns ein Paar Arbeitshandschuhe mitbringen? Das glatte Teil ist mit Handschuhen besser zu greifen.“

„Mach ich. Dann bis gleich, melde dich. Ich warte.“

Karlo atmete auf. Für's Erste.

Herbert war ein echter Freund!

Zehn Minuten später hatte er die Zusage von Kuhl und Einser. Es hatte alles geklappt. Bis jetzt. Doch das Wichtigste fehlte noch: Die Truhe mit dem Baron musste irgendwo untergebracht werden.

Schweren Herzens wählte er Paul Perligs Nummer.

„Hallo, Karlo“, hörte er Pauls vergnügte Stimme. „Wie stehen die Aktien? Hast du deine Probleme in den Griff bekommen?“

„Wir sind dabei. Gehring unterstützt mich. Aber ich habe noch ein Problem. Vielleicht kannst du mir dabei helfen.“

„Schieß los.“

„Hast du dein Ferienhäuschen in Steinbach schon verkauft? Das mit dem Schuppen, wo wir vor Jahren mal Kuhls Motorräder untergestellt hatten?“

„Nein, das habe ich noch. Ich vermiete es jetzt ab und zu und denke, dass ich es behalte. Was ist damit?“

„Hast du es momentan vermietet?“

„Nein, erst ab Juli wieder.“

„Das ist gut. Denkst du, ich könnte dort für ein paar Wochen etwas unterstellen? Ich meine im Schuppen, nicht im Haus.“

Paul überlegte nicht lange. „Klar doch. Aber Anfang Juli muss der Schuppen wieder frei sein. Oder es muss wenigstens ein Auto reinpassen. Was willst du denn unterstellen?“

„Ach, nur ein paar Möbel, Küchengeräte und so. Ein Freund von mir zieht um und weiß nicht wohin mit ein paar Sachen. Und bis er weiß, wohin damit ...“

„Kein Problem. Wann kommst du?“

„Die erste Fuhre könnte ich heute Abend bringen. Du wirst keine Arbeit haben. Ich hole nur den Schlüssel – und schon bin ich wieder weg. Ach ja, noch was: Du hast doch eine Steckdose im Schuppen, oder?“

„Ja, klar. Sogar zwei. Warum?“

„Ach, nur so. Na dann, bis heute Abend.“

Als Paul Perlig aufgelegt hatte, beschlich ihn ein seltsames Gefühl. Warum nur kam es ihm vor, als ob Karlo ihm nicht alles erzählt hatte?

Ach, wiegelte er dann ab, Karlo war eben Karlo.

Sei’s drum ...

Dienstag, 26. April
Frankfurter Bahnhofsviertel

23

Nach einigen Minuten Fußweg stand Gehring vor der *Schiffschaukel.* Er folgte mit seinem Blick den Stufen nach oben zur Eingangstür. Natürlich war es nicht besonders klug, alleine hier aufzutauchen. Doch wen hätte er mitnehmen sollen? Karlo war dort bestens bekannt, das hätte nichts gebracht.

Er gab sich einen Ruck, stieg die Stufen empor und zog die Tür auf. Die Luft, die ihn empfing, ließ ihn kurz die Nase rümpfen. Er nahm sich zusammen.

Als er eintrat, drehten sich die Köpfe. An der Theke saßen drei Männer, zwei Tische waren mit jeweis zwei Personen besetzt. Der Wirt hantierte hinter der Theke mit einigen Gläsern. Als er Gehring bemerkte, stellte er seine Tätigkeit ein und schaute ihn abschätzend an. Gehring erwiderte den Blick. Das musste Meininger sein.

Auch der Rest der Besucher ließ der Neugier freien Lauf. Gehring spürte die indiskreten Blicke und fühlte sich wie ein neugeborenes Eisbärbaby im Frankfurter Zoo. Stunts Gesichtsausdruck suggerierte etwas wie: *Guten Tag. Mein Name ist Vico Meininger, Wirt der Schiffschaukel und Betreiber eines ganz speziellen Wettbüros. Was kann ich Böses für Sie tun?*

Nur dass er nichts sagte.

Der Ex-Polizist hatte kein gutes Gefühl. Er schaute Meininger an, hob die rechte Hand und zeigte seine drei mittleren Finger. Meininger nickte knapp in Richtung der Tür neben der Theke. Gehring nickte zurück. Er zögerte nur unmerklich, dann ging er zur Tür und drückte sie auf.

Ein kleiner Korridor tat sich vor ihm auf. Etwas ratlos schaute er auf die beiden Türen, die sich links und rechts des Korridors befanden. Bevor er sich für eine entscheiden musste, öffnete sich die rechte Tür und eine Frau winkte ihn zu sich.

Sie war Mitte dreißig, trug ein sehr knappes anthrazitfarbenes Kostüm mit einem gewagt kurzen Rock, dazu knallrote Lacklederpumps. Die kastanienroten Haare ergossen sich in quirligen Locken über ihre Schultern. „Herzlich willkommen. Ich bin Geraldine. Bitte, hier entlang."

Gehring hätte eine dunkle und rauchige Stimme erwartet. Er wurde enttäuscht. Wenn die Frau sprach, erinnerte sie an eine misslungene Persiflage auf Heidi Klum. „Darf ich Ihnen etwas anbieten?", piepste sie. „Champagner, Wein, Whisky? Oder lieber ein kühles Bier?"

Gehring betrat das Zimmer. Ein großer Raum, eine Art Salon, empfing ihn. Bequeme Clubsessel in königsblauem Plüsch gruppierten sich um kleine, mit Marmorplatten ausgestattete Tischchen. Das Rauchen schien ausdrücklich erlaubt, wie die großen Aschenbecher und der abgestandene Duft nach kaltem Zigarrenrauch dokumentieren.

„Ein Kaffee wäre toll, wenn es Ihnen keine Umstände macht." Gehring setzte sich auf einen der Sessel, so dass er die Eingangstür im Blick hatte.

„Ein Kaffee? Sehr gerne", versetzte Geraldine mit einem routinierten Lächeln. „Kommt sofort."

Es dauerte keine fünf Minuten, dann stand ein kleines

Tablett vor Gehring. Eine Kanne Kaffee nebst Tasse und Untertasse, ein kleines Milchkännchen, eine silberne Zuckerdose und eine Schale mit süßem Kleingebäck teilten sich den Platz darauf.

„Es wird sich jeden Moment jemand um Sie kümmern. Haben Sie bitte einen Augenblick Geduld." Sie ließ sich auf dem Sessel neben Gehring nieder, schlug die Beine übereinander und sah ihn an.

Ihr einstudiertes Lächeln begann wieder zu glimmen. Es erreichte ihre Augen nicht. „Sie sind zum ersten Mal hier?"

„Ja, das ist wahr", gab Gehring zu und nippte an seinem Kaffee. „Ich suche eine spannende Gelegenheit, meine Langeweile zu vertreiben. Ein guter Bekannter, nein, ein guter Freund, hat mir den Tipp gegeben. Nun bin ich hier." Er grinste verlegen und nahm wieder einige Schlucke. „Wirklich guter Kaffee. Ich könnte wetten, es ist meine Lieblingsmischung."

Die Frau schüttelte die Haare aus dem Gesicht. „Ihre Lieblingsmischung?"

„Ja, die *Wiener Mischung* von *Wackers Kaffee.*"

Das Lächeln wurde breiter. „Unglaublich. Dass Sie das bemerken. Sie müssen ein Feinschmecker sein. Das *ist* die Wiener Mischung. Diese Wette hätten Sie schon mal gewonnen."

Gehring lächelte geschmeichelt. Erneut griff er nach der Tasse und nahm langsam nacheinander einige Schlucke. Seine Kopfhaut begann zu prickeln. Er holte tief Luft. Plötzlich war der Geschmack des Kaffees wie weggeblasen, seine Zunge fühlte sich an wie ein dickes Stück Filz. Eine heiße Woge durchlief seinen Körper. Nebel schien im Raum aufzusteigen, sämtliche Konturen verschwammen ineinander.

Er wollte die Tasse abstellen, verfehlte die Untertasse um Zentimeter, sein Fingerknöchel blieb im Henkel hängen. Der Raum begann sich zu drehen ...

Als Gehring nach hinten kippte, riss er Tasse und Untertasse vom Tablett und die Wiener Mischung ergoss sich über seinen teuren Anzug.

Die Frau lächelte wieder. Dieses Mal war es ein echtes Lächeln. Sie verließ das Zimmer, ging in die Gaststube und nickte Stunt knapp zu.

„Ich kümmere mich drum", brummte er leise. „Du machst die Theke, bis ich wieder da bin."

Dienstag, 26. April
Offenbach am Main

24

Karlo wühlte mittlerweile im Kofferraum des Seitenwagens. Er war sicher, zwei lange Spanngurte zur Gepäckbefestigung dort deponiert zu haben. Als er sie gefunden hatte, eilte er zurück in die Wohnung des Barons und schlang die Gurte um das Kühlmöbel, damit sich der Deckel beim Transport nicht unverhofft öffnen konnte.

Und dass neugierige Kumpels nicht auf die Idee kamen, den Inhalt anschauen zu wollen.

Er hatte die Truhe kaum mit den Gurten gesichert, da trafen Reinfeld und Einser ein. Fünf Minuten später war auch Wolfhard Kuhl zur Stelle.

„Solche Sachen stehen meistens im Dachgeschoss", ächzte Kuhl, als sie die Kühltruhe durch die Haustür manövrierten. „Das Ding ist ja schwer wie Hölle. Was ist denn da drin? Goldbarren?"

„Leider nicht. Dann hätten wir ausgesorgt. Nein, da sind ganz normale Fressalien drin. Mein Bekannter bunkert Sonderangebote. Ist ein Hobby von ihm." Karlo schämte sich für solch eine einfallslose Lüge.

„Wo soll das Ding eigentlich hin?", wollte Reinfeld wissen, als er die Tür des Transporters zuschlug.

„Hab ich das nicht gesagt? In die Rhön. Ich möchte das

Ding in Pauls Schuppen in Steinbach abstellen. Da ist Platz genug."

Ein erster argwöhnischer Schatten huschte über Reinfelds Gesicht. Auch Karl Einser schaute plötzlich ganz merkwürdig aus der Wäsche. Bevor einer der beiden etwas sagen konnte, meldete sich Kuhl. „Braucht ihr mich unbedingt zum Ausladen? Ich habe später noch etwas vor, und in die Rhön und zurück – das dauert mir einfach zu lange."

„Nein, das bekommen wir auch zu dritt hin", befand Karlo. „Kein Problem. Ich bin froh, dass du wenigstens beim Einladen helfen konntest."

„Gut, dann mach ich mich jetzt vom Acker."

„Alles klar, Kuhl. Mach's gut und vielen Dank auch."

Zehn Minuten später fuhren Reinfeld, Einser und Karlo über die Carl-Ulrich-Brücke nach Fechenheim.

„Fährst du über die Carl-Benz-Straße zur Autobahn? Ich möchte mir beim Bäcker Zweifler noch ein belegtes Brötchen holen. Hab noch nichts gegessen heute."

„Kein Problem", war Reinfeld einverstanden. „Bring mir was mit. Irgendwas mit Schinken. Oder Schinken mit Käse. Oder besser noch: ein Schnitzelbrötchen."

„Mach ich", murmelte Karlo.

Reinfeld bog hinter der Brücke in die Carl-Benz-Straße ein. Zum Glück verlangsamte er die Fahrt auf der Suche nach einem freien Parkplatz. Ein Pkw, der am Gehsteig geparkt war, scherte ohne Blinkzeichen auf die Fahrbahn aus. Reinfeld stieg mit aller Kraft auf die Bremse, die Reifen quietschten. Keine fünf Zentimeter vor dem Pkw kam der Transporter zum Stehen.

Karlo riss die Tür auf und sprang aus dem Wagen. „Ja, bist du denn verrückt geworden, du Idiot? Die kleinen

Lämpchen sind die Blinker, kein Weihnachtsschmuck. Außerdem besitzen Autos heutzutage so eine neumodische Erfindung. Kommt aus Amerika und nennt sich Rückspiegel. Pass nur auf, ich ..."

In diesem Moment sah er das Blaulicht auf dem Wagen.

Verdammt!

Der Polizeiwagen setzte ein Stück nach vorne, um die Tür freizumachen, dann leuchteten seine Bremslichter und die Fahrertür wurde aufgestoßen.

„Was erlauben Sie sich eigentlich? Sie ..." Dietmar Hund, der lange blonde Streifenpolizist riss die Augen auf, als er Karlo erkannte. „Kölner! Na klar, das hätte ich mir ja denken können. Was hast du wieder ausgefressen, dass du hier angerast kommst wie ein Verrückter?"

„Ob ich ein Verrückter bin, können wir gerne diskutieren. Aber erstens bin ich nicht gefahren. Zweitens sind wir nicht gerast. Wir wollten nämlich gerade anhalten, um beim Bäcker ein paar belegte Brötchen zu kaufen. Und drittens kommt ihr einfach ohne zu blinken aus der Parklücke raus."

„Freilich hat er geblinkt. Das kann ich bezeugen." Manfred Haffmann hatte den Streifenwagen ebenfalls verlassen und musterte nun Reinfelds Transporter. „Was machst du überhaupt mit dem Bus, Kölner? Der gehört doch nicht dir?"

„Was ihr alles wisst. Aber es stimmt ausnahmsweise. Der Bus gehört meinem guten Freund Herbert Reinfeld."

„Und warum hockst *du* dann im Wagen? Da ist doch was faul, das riech ich doch."

„Gar nichts ist faul", schnappte Karlo, und plötzlich ritt ihn der Teufel. „Die Leiche, die wir transportieren, ist tiefgefroren", flachste er mit einem bösen Lächeln. „Die fault nicht. Und riechen tut sie erst recht nicht."

Kaum war es raus, biss sich Karlo auf die Zunge. Manchmal konnte er seinen vorlauten Schnabel einfach nicht halten. Auch Karl Einser merkte, dass Karlo plötzlich verunsichert war.

Haffmann war alarmiert. Er stürmte zur Hecktür des Transporters und riss sie auf. „Mensch, Dietmar", brüllte er und stieg in den Laderaum, „da steht wirklich eine Kühltruhe drin. Ich wette ..."

Karl Einser war mittlerweile ebenfalls ausgestiegen. Er hatte begriffen, dass irgendetwas aus dem Ruder lief. Er kannte die beiden etwas trotteligen Beamten aus früheren Zusammentreffen. Immer wieder hatten sie dabei versucht, Karlo etwas anzuhängen. Was allerdings selten von Erfolg gekrönt war.

Doch momentan schien es zu brennen.

Er griff in seine Jackentasche, fischte seinen Dienstausweis hervor und ging zur Heckklappe. Haffmann hatte bereits den ersten Spanngurt an der Truhe gelöst und wendete sich dem zweiten zu.

„Halt, halt, halt, Kollege Haffmann. Wetten Sie lieber nicht. So wird das nichts. Haben Sie überhaupt einen konkreten Verdacht, um den Wagen hier filzen zu können?"

Haffmann schaute bitterböse aus dem Laderaum. „Der Kölner hat doch selbst gesagt ..."

„Jetzt macht euch bloß nicht lächerlich", warnte Einser. „Das war ein Scherz. Herr Kölner war noch ganz durcheinander von dem Beinahe-Unfall. Und im Übrigen – wir sind drei Zeugen, dass Sie nicht geblinkt haben." Einser steckte seinen Ausweis wieder ein. „Und jetzt schließen Sie den Spanngurt wieder und kommen aus dem Wagen raus", schloss er, „oder haben Sie einen Durchsuchungsbeschluss?"

Zähneknirschend stieg Haffmann aus dem Laderaum.

„Den verdammten Gurt könnt ihr selbst zumachen", grollte er. „Und merkt euch eins: Nur weil wir Polizisten sind, sind wir noch lange nicht blöd."

Einser musste sich das Lachen verbeißen.

Karlo hatte sich derweil wieder im Griff. Er baute sich vor Dietmar Hund auf. Die Daumen in die Hosentaschen eingehakt, grinste er ihn an. „Darf ich jetzt unsere Brötchen holen? Leute umzubringen macht nämlich einen Riesenappetit!"

Einser verdrehte die Augen. Karlo war irgendwie nicht zu retten.

Die Weiterfahrt der drei Freunde verlief einige hundert Meter in völligem Schweigen. Als der Transporter die Einmündung zur Adam-Opel-Straße passierte, unterbrach Reinfeld die Stille. „Jetzt mal die Karten auf den Tisch, Karlo. Ich bin doch nicht mit dem Klammernsack gepudert. Hund und Haffmann sind zwar speziell, besonders was dich betrifft, aber irgendwas stimmt hier nicht. Also raus mit der Sprache: Was läuft hier gerade?"

Als auch Karl Einser mit grimmiger Miene zu nicken begann, gab Karlo auf. „Also gut, Jungs", seufzte er resigniert. „Ihr habt ja recht. Und für was hat man Freunde. Lasst uns aber erst auf die Autobahn fahren. Dann erzähle ich euch die ganze Geschichte von Anfang an."

–

„Wir könnten ihnen nachfahren", schlug Haffmann vor. „Wenn der Fahrer dann während der Fahrt sein Brötchen isst, können wir sie dafür verknacken."

„*Telefonieren* ist während der Fahrt verboten", belehrte Dietmar Hund seinen Kollegen, „nicht Brötchen essen."

„Stimmt. Mit Brötchen kann man nicht telefonieren. Mist! Und du bist wirklich sicher?"

Hund reagierte genervt. „Ja. Brötchenessen ist zwar nicht erlaubt ..."

„Aber dann ..."

„Es ist nicht erlaubt, heißt: Es steht nirgendwo, dass man es darf. Es steht aber auch nirgendwo, dass man es *nicht* darf. Verstehst du?"

„Hm", brummte Haffmann und schaute auf die Uhr. „Ach du lieber Himmel", entfuhr es ihm. „So spät schon? Ist schon Schichtwechsel. Da haben wir richtig Glück gehabt."

„Glück?"

„Na, wenn wir die Leiche entdeckt hätten, wäre für uns der Feierabend sauber ins Wasser gefallen."

„Du denkst also wirklich, dass Kölner einen Toten in der Gefriertruhe dabeihatte? Und dass Kollege Einser dabei mitmacht?"

„Ja, warum denn eigentlich nicht?"

„Ich trau dem alten Gauner fast alles zu, aber das ist selbst für ihn ein bisschen viel. Los, fahr zurück ins Revier. Dort kannst du weiterträumen."

„Aber gut wär's schon gewesen."

„Halt die Klappe, ich hab Feierabend."*

* In memoriam „Schildkröte" bei „Dittsche – das wirklich wahre Leben".

Dienstag, 26. April
In der Rhön

25

Karlo hatte Wort gehalten und Paul nicht lange belästigt. Paul hatte ihm die Schlüssel für den Schuppen in Steinbach gegeben. Sein Gesichtsausdruck sprach Bände. Er machte sich Sorgen, und Karlo schämte sich erneut, dass er den Freund im Unklaren ließ. Aber er würde es wieder gutmachen. Das nahm er sich vor.

„Karlo, mach bitte keinen Mist", hatte der Hobbykoch noch gebeten, und Karlo war kein Wort der Beruhigung eingefallen, das er seinem Freund hätte sagen können, war er doch selbst innerlich ein Nervenbündel.

Es wurde schon dunkel, als Reinfeld, Einser und Karlo mit dem Transporter nach Steinbach einbogen. Vor Pauls Ferienhaus angekommen, stieg Karlo aus und öffnete die Einfahrt.

Reinfeld wendete und fuhr rückwärts vor den Schuppen, um das Ausladen zu erleichtern. Fünf Minuten später stand die Truhe angeschlossen an der Schuppenrückwand.

„Wollt ihr ihn mal sehen?" Karlo fiel das Makabre an dieser Frage gar nicht auf.

Reinfelds Gesicht wurde hart, dann färbte es sich graugelb. „Lass mal stecken. Schon gut. Mir reicht der *Tatort* vom letzten Sonntag noch."

Einsers Gesicht hingegen verhieß nichts Gutes. „Hast du

dich mal gefragt, was mit den Spuren ist, wenn die Kollegen von der Kriminaltechnik das Ding hier durch die Mangel drehen? Was die da alles von uns finden können? Das will ich mir gar nicht vorstellen."

„Wir haben doch Handschuhe getragen."

„Das stimmt", dozierte Einser. „Aber es geht nicht immer um Fingerabdrücke. Da gibt es Faserspuren von den Klamotten. Oder vielleicht Haare, Schweißtropfen, Hautschuppen, was dann auch DNA bedeuten könnte. Und glaubt mir – es gibt keinen DNA-freien Tatort. Aber auch mit den Handschuhen könnten wir Spuren hinterlassen haben, die nachzuvollziehen sind. Die Dinger sind ja nicht neu. Die hat schon jemand angehabt und damit gearbeitet. Da hängt einiges dran, was sich vielleicht nachvollziehen lässt. Und denk jetzt bloß nicht ans Saubermachen. Wenn dir nachgewiesen wird, dass du versucht hast, deine Spuren zu entfernen, dann machst du dich nur doppelt verdächtig."

„Jetzt hör aber auf. Du willst mir Angst machen."

„Angst machst du dir selbst. Ich sag dir nur, wie es ist."

„Und was machen wir jetzt?"

„Wir verschwinden von hier, bevor sich jemand in der Nachbarschaft fragt, wer wir sind. Und du musst dafür sorgen, dass keiner diese Truhe findet. Oder eben zur Polizei gehen und die ganze Geschichte beichten."

„Das Letztere meinst du aber nicht ernst, oder?"

Einser zuckte ratlos mit den Schultern und ging auf die Truhe zu. „So, jetzt werf ich aber doch einen Blick in die Kiste. Damit ich nicht denke, ich hätte alles nur geträumt."

Einser öffnete die Spanngurte und hob den Deckel an. „Ja, leck mich doch ...", entfuhr es ihm entgeistert, „es stimmt also wirklich."

„Denkst du etwa, ich gebe hier den Märchenonkel? Mit so was mach ich keine Scherze."

Karlo trat ebenfalls an die Truhe heran. Selbst bei Reinfeld überwog die Neugierde. Der Moto-Guzzi-Fahrer kratzte sich am Kopf. „Eines verstehe ich nicht ganz, Karlo."

„Was denn?"

„Du wirst doch von jemandem damit erpresst, dass du diesen Kerl hier – nun ja, ich sag's mal, wie es ist – totgeschlagen haben sollst, oder?"

„Hab ich doch gesagt, warum?"

„Ja, guck doch mal hin. Und was ist dann das da?"

Karlo beugte sich über die Stelle, auf die Reinfeld mit dem Finger wies. Auf des Barons linker Brustseite sah man zwei dunkelrote Flecken.

Karl Einser schaute sich um und entdeckte einen großen Regalschrank an der linken Schuppenwand. Er schaute prüfend über die Regale und fand schließlich ein Fach mit großen Zimmermannsnägeln. Er griff sich einen Nagel, beugte sich über die Brust des Barons und stocherte in einem der Flecken. Dann richtete er sich auf. „Tja, Leute, ich würde mal behaupten, unser Freund hier ist vor dem Schockfrosten erschossen worden. Karlo wäre somit aus der Geschichte raus, wenn ich mich nicht irre."

Karlos Erleichterung hielt nicht lange. Ihm kam eine böse Vermutung. „Kommt drauf an, mit welcher Waffe das passiert ist", versetzte er tonlos. Er dachte dabei vor allem an Nowitzkys Pistole, die in Sinas gestohlenem Wagen hinter dem Fahrersitz lag. Der Teufel wusste, woher die Knarre stammte.

Und seine Fingerabdrücke waren drauf.

Er musste den Wagen unbedingt finden. Idealerweise bevor die Polizei das tat.

„Wenigstens du selbst weißt, dass du niemanden getötet hast“, versuchte Reinfeld Karlo zu trösten, nachdem der von seiner Befürchtung berichtet hatte. Doch Karlo trieb eine weitere Sorge um.

Und zwar eine ganz gewichtige.

Er wählte Gehrings Handynummer. Kein Anschluss. Immer noch nicht. Karlo wählte die Festnetznummer. Anrufbeantworter. Und Martina Gehring weilte bei ihrer Freundin.

Die Sorge wurde größer. Er schluckte schwer, bevor er mit der Sache herauskam.

„Äh, Jungs, da wäre noch eine Sache ...“

Karlo blickte in versteinerte Gesichter.

Einser faste sich als Erster. „Noch ein Toter?“

Karlo erschrak bis ins Mark. „Nein, natürlich nicht. Ich meine, ich hoffe nicht ...“ Er verhedderte sich. „Also, was ich sagen will: Ich kann Gehring nicht erreichen. Obwohl wir in Verbindung bleiben wollten.“

„Und was ist daran so schlimm?“, wollte Reinfeld wissen. „Er muss doch nicht die ganze Zeit am Telefon hängen.“

„Natürlich nicht. Aber hier ist es etwas anders. Er wollte vor Ort Recherchen über diese illegalen Wetten anstellen, von denen ich erzählt habe. Wir glauben nämlich, dass diese Wetten irgendwie mit meiner Geschichte zusammenhängen. Wenigstens, dass es eine Verbindung zu den Leuten gibt, die mich erpressen wollen.“

„Oh!“ Einser rümpfte die Nase.

„Genau.“

„Und was willst du tun?“

„Wenn ich ganz ehrlich bin, weiß ich es nicht. Ich würde mich einfach gerne umschauen. Im Umfeld der *Schiffschaukel*, beim Wettbüro ...“ Plötzlich hellte sich sein Gesicht auf. „Da fällt mir ein: Möglicherweise kann Nowitzky uns weiterhelfen. Ich versuche mal, ihn zu erreichen." Er wandte sich an Reinfeld. „Hast du was zu schreiben dabei? Im Auto? Prima, mach schnell."

Mit fliegenden Fingern gab er die Nummer des dürren Mannes ein. Nach dem zweiten Klingeln meldete er sich bereits. „Ja?"

„Nowitzky! Hier ist Kölner. Bist du noch im Hotel?"

„Ja, klar. Warum?"

„Hast du was von Gehring gehört?"

„Nein."

„Verdammt! Dann erklär mir mal den Code, um in die speziellen Wetten reinzukommen. Und wie der Warncode lautet."

„Warum?"

„Mach's einfach, aber flott", forderte Karlo scharf.

„Okay, okay. Also, Die erste Parole ist *Neun Spieler können nicht einen einzigen Hahn ernähren.* Wenn die Frage *Darf ich fragen, woher Sie das haben*? kommt, antwortet man *Das ist ein jugoslawisches Sprichwort.* Auf die nächste Frage *Und wer hat Ihnen das gesagt*? antwortet man zum Beispiel *Das hat mir die Giraffe gesagt.* Das ist alles."

„Und der Warncode? Was ist mit dem?"

„*Der Kleine Engel.*"

„Was für'n Engel?"

„Anstatt *der Giraffe.*"

„Ach so. *Giraffe* ist der Nickname eines Spielers? Einem, der vertrauenswürdig genug ist, um Empfehlungen für neue Spieler auszusprechen?"

„Ja. Genau so."

„Hast du noch mehr solcher Nicknames?"

„Ja, klar. Allzu viele sind es aber nicht. Ist ein exklusiver Kreis."

„Zum Beispiel?"

Nowitzky überlegte. „*Eisbär, Jaguar* oder *Fuchs*. Zum Beispiel."

„Ist ja ein ganzer Zoo. Na gut. Dann kann ich also mit diesem Spielchen in die *Schiffschaukel* gehen ..."

„Du lieber Gott, nein. Du musst dir erst im Wettbüro den aktuellen Handcode geben lassen. Den kriegst du, wenn du das Code-Spiel richtig gespielt hast. Der Typ hinter der Theke gibt dir den dann."

„Und wie sieht der aus?"

„Der Typ?"

Karlo rollte die Augen. „Mann! Der Handcode natürlich."

„Das weiß ich nicht. Das sagt dir der Typ. Ein Victoryzeichen vielleicht, ein Stinkefinger, eine Faust, ein erhobener Daumen – das ändert sich immer mal wieder."

„Sonst noch was?"

„Das war alles."

„Gut. Danke. Bleib im Hotel und warte, bis du wieder angerufen wirst. Hast du alles, was du brauchst?"

„Gehring hat mir alles gebracht. Ach, da ist noch was. Ganz wichtig!"

„Was denn?"

„Der Mindesteinsatz. Das sind Fünfundzwanzigtausend."

„Boah!"

„Tja. Viele setzen aber noch mehr. Viel mehr."

„Gut. Ich hab's verstanden. Bis dann."

Karlo legte auf, dann blies er zum Aufbruch. „Auf geht's. Ich glaube, es pressiert."

Reinfeld rangierte den Wagen zurück auf den Zufahrtsweg, Karlo schloss die Schuppentür und das Einfahrtstor. Dann stieg er ein und Reinfeld trat auf's Gas.

Nach kurzer Fahrt brach Einser das Schweigen als Erster. „Und was machen wir jetzt?"

„Hast du Zeit heute Nacht?"

„Was bleibt mir für eine Wahl?"

„Das liegt ganz bei dir."

„Klar bin ich dabei", versprach der bullige Polizist und kraulte seinen langen Kinnbart.

Reinfeld fuhr auf die B 458 Richtung Autobahn auf und schaltete in den zweiten Gang. „Und was mach ich?", fragte er mit einem knappen Seitenblick.

„Du fährst. Und stehst Schmiere, wenn nötig. Sind eure Handys aufgeladen?"

Reinfeld deutete auf das Handschuhfach. „Meins hab ich gerade aufgeladen. Aber da liegen ein Adapter für den Zigarettenanzünder und eine fast volle Powerbank drin, wenn jemand Energiebedarf hat."

Während der Rückfahrt war Karlos Plan wie immer schnell erklärt. Improvisation war angesagt.

„So, Leute", fiel es Karlo auf Höhe von Bad Soden-Salmünster plötzlich ein. „Jetzt hab ich aber noch etwas Positives für euch, passt mal auf. Von Pinky hab ich euch noch nicht erzählt. Ein jüngerer Typ mit einer Gitarre, der zufällig dazukam, als ich den Baron umgehauen habe. Er hat mir gleich gratuliert. Ich kann euch sagen, der Typ war ein wirkliches Highlight in dieser trüben Beize."

„Pinky?", grinste Einser. „Hört sich schwul an. Hast du die Seiten gewechselt?"

„Red nicht solchen Blödsinn“, fuhr Karlo den Polizisten an. „Selbst wenn es so wäre, wäre er mir viel zu hässlich.“

„Du hast also drüber nachgedacht“, nahm Reinfeld den Ball auf und kicherte dreckig.

Karlo winkte ärgerlich ab. „Ich bin gespannt, was ihr sagt, wenn ihr ihn erst mal gehört habt. Ich hab ihm für Freitag einen Termin in der *Bluesmühle* ausgemacht. Da müsst ihr unbedingt vorbeikommen. Der Typ ist Weltklasse, der absolute Hammer. Der spielt eine Gitarre – einfach unbeschreiblich. Blues, Folk, Rock – alles was du willst. Und singt dazu, das müsst ihr gehört haben. Der macht die Stimmen von Weltstars nach, dass du denkst, die sitzen auf dem Barhocker vor dir“, schwärmte Karlo begeistert. „Und er hat trotzdem immer noch was Eigenes.“

„Und wenn du die Musik hörst“, gluckste Einser fröhlich, „dann ist er plötzlich gar nicht mehr so hässlich.“

Karlo merkte, dass Einser ihn hochnehmen wollte. Er lächelte verschlagen und spielte mit. „Stimmt. Woher weißt du das? Hattest du schon was mit ihm?“

„Nein. Ich kenne ihn ja gar nicht. Aber das Gleiche hast du über Paul Perlig gesagt, als er das erste Mal für uns alle gekocht hat. Also – nicht wegen der Musik, sondern wegen des Essens. Stell dich deiner Natur, Karlo. Du stehst auf Männer.“

„Da kann ich ja gleich bei dir anfangen“, hauchte Karlo anzüglich.

„Keine Chance, Kölner. Du bist mir viel zu hässlich.“

„Jetzt hast du plötzlich die Hosen richtig voll, was, Karl?“, drängte sich Reinfeld grinsend dazwischen.

„Klar“, konterte Einser, „mit ’nem knackigen Hintern.“

Dienstag, 26. April
Frankfurter Bahnhofsviertel

26

Gehrings linke Schulter schmerzte. Die muffige Matratze unter ihm war weich und durchgelegen, sein Handgelenk hing an einer Art Handschelle. Sie war mit ihrer zweiten Öffnung an einem senkrecht an der Wand verlaufenden Rohr befestigt, so dass es ihm möglich gewesen wäre, aufzustehen. Die Handfessel fühlte sich an, als wäre sie mit weichem langflorigem Plüsch bezogen, wohl ein Sexspielzeug für den besonderen Geschmack. Gehring kämpfte dagegen sich vorzustellen, wer das Ding vielleicht schon getragen hatte – und zu welcher Gelegenheit. Sein Handgelenk tat trotz Plüschbezug weh. Vor allem aber brummte sein Schädel. Dieses ordinäre Weib mit der Piepsstimme hatte ihn flachgelegt. Aber nicht mit ihrem Sex-Appeal oder vollendeter Verführungskunst, sondern mit profanen KO-Tropfen.

Er war in die Falle getappt wie ein ahnungsloses Landei. Nowitzkys Aussagen zu vertrauen war ein großer Fehler gewesen. Oder es hatte ihn ein alter Kunde als Ex-Polizist erkannt.

Was hatten sie mit ihm vor? Wenn man ihm nach dem Leben trachtete, wäre er wahrscheinlich schon tot. Andererseits wollte man vielleicht vermeiden, eine Leiche durch die Innenstadt zu transportieren, um sie dann irgendwo außerhalb der Stadt zu entsorgen.

Es blieb ihm nichts anderes übrig, als abzuwarten, bis jemand kam.

Wenn jemand kam.

Alternativ konnte er versuchen, zumindest einmal diese lächerliche Fessel loszuwerden.

Er setzte sich langsam auf und schaute sich um. Viel war nicht zu erkennen. Er sah schemenhaft einen großen Schrank, daneben in der Ecke einen Stapel Autoreifen und etliche größere Gegenstände, die er nicht identifizieren konnte. Ihm gegenüber vermutete er in zirka zwei Meter Höhe ein verbarrikadiertes Fenster, durch das ein winziger Lichtstrahl drang. Das alles und die feuchte Atmosphäre des Raumes wiesen darauf hin, dass er sich im Kellerraum eines Altbaus befand. Die Vermutung lag nah, es handele sich um den Keller der Schiffschaukel.

Die Leuchtzeiger seiner Armbanduhr verrieten Gehring, dass es bereits tief in der Nacht zum Mittwoch war, also kam der Lichtstrahl vermutlich von einer Straßenlaterne.

Sein Mantel war weg, und mit ihm das Handy. Egal – mit dem leeren Akku war es sowieso unbrauchbar.

Er rüttelte an dem Leitungsrohr, an dem seine Fessel eingehakt war. Die Verankerung in der Wand war verhältnismäßig locker. Sollte er es mit Gewalt versuchen? Was würde eher nachgeben? Die Handschelle oder das Rohr?

Dann gab es noch die bange Frage: War das ein Wasserrohr oder eine Gasleitung? Wenn er ein Wasserrohr aus der Wand riss und es dabei beschädigte, könnte sich der Keller schnell in ein Schwimmbad verwandeln. Beschädigte er hingegen eine Gasleitung, waren die Folgen fataler …

Dienstag, 26. April, in der Nacht zum Mittwoch
Frankfurter Bahnhofsviertel

27

Karlo, Reinfeld und Einser stellten den Transporter in Bahnhofsnähe am Ende der Taunusstraße ab.

Einser kam als Erster drauf. „Was machen wir jetzt? Das Wettbüro hat bestimmt schon geschlossen."

„Das stimmt wohl", gab ihm Karlo recht. „Das macht aber nichts. Wir könnten der *Schiffschaukel* einen Besuch abstatten und uns dort umschauen."

„In die Kneipe? Die kennen dich dort, das weißt du."

„Ja, ich weiß, ich weiß. *Ich* möchte ja auch nicht in die Kneipe rein." Er wandte sich zu Reinfeld. „Herbert, du setzt dich ins Auto und wartest. Gib uns genau eine Stunde. Wenn wir uns bis dann nicht gemeldet haben, rufst du die Bullen an und schickst sie in die Kneipe. Hier", er drückte Reinfeld sein anonymes Telefon in die Hand. „Das machst du damit. Das ist nicht nachzuverfolgen."

„Einfach so? Die Polizei anrufen? Was soll ich denen denn erzählen?"

„Sag ganz einfach, in der *Schiffschaukel* würde Stunt, der Wirt, verrückt spielen und wie wild mit einer Knarre herumfuchteln."

„Stunt?"

„Ja, so wird der genannt. Sag den Namen, dann klingt es glaubwürdiger."

„Also ich weiß nicht recht." Reinfeld war unsicher.

„Jetzt komm schon. Ist doch nur für den Notfall. Wir sind sicher früher zurück. Wenn nicht, rufen wir dich an und geben dir Bescheid."

Reinfeld gab auf. „Na gut. Aber passt bloß auf."

Mittlerweile war es zwei Stunden nach Mitternacht. Das Kneipenschild war beleuchtet. Der eine oder andere Schuppen in der Nachbarschaft hatte noch Hochbetrieb, vor der *Schiffschaukel* ging es indes eher gemächlich zu.

Einser und Karlo blieben im Sichtschatten eines monströsen Geländewagens auf der gegenüberliegenden Straßenseite stehen und inspizierten das Haus genauer. Das viergeschossige Gebäude war auf der linken Seite neben der Treppe zum Eingang vielleicht zehn bis zwölf Meter breit. Im Anschluss verlief eine Backsteinmauer, etwa sechs bis sieben Meter lang. Beinahe genau in ihrer Mitte wurde sie von einem massiven Metalltor unterbrochen, dahinter lag eine kleine fast quadratische Hoffläche.

Karlo ließ einen Wagen passieren, überquerte die Straße und lugte über die Mauer. Auf der Rückseite des Bauwerks befand sich eine Eingangstür, durch die man zu den Privatwohnungen über der Kneipe gelangte. Möglicherweise diente sie auch als Hintereingang zur Kneipe.

Einser war ebenfalls auf die andere Straßenseite gewechselt. „Und?", wollte er wissen, „was hast du nun vor?"

„Ich möchte mich da drin umsehen. Will prüfen, ob es von der Rückseite einen Durchgang zur Kneipe gibt. Wenn Gehring hier gewesen sein sollte, finde ich vielleicht einen Hinweis. Vielleicht ist er ja immer noch hier?"

„Wunder gibt es immer wieder."

„Was soll ich machen? Irgendwo müssen wir anfangen. Hast du eine bessere Idee? Die Kneipe ist außer dem Wettbüro unser einziger Bezugspunkt. Und das Wettbüro hat zu." Er fasste Einser an die Schulter. „Ruf mich bitte mal an."

„Was? Dich anrufen? Warum?"

„Jetzt mach schon."

Einser wählte Karlos Nummer. Karlo hob ab, stellte den Lautsprecher auf laut, verriegelte die Tastatur und steckte das Telefon in die Jackentasche.

„Steck das Ding ein. Dann kann ich mithören, was in der Kneipe passiert", forderte Karlo den Polizisten auf. „Und jetzt gehst du in die Kneipe ein Bier trinken. Oder besser einen Kaffee. Spiel einfach einen Nachtschwärmer, der genug hat, und bestelle einen Kaffee für den Heimweg. Guck dich vorsichtig in der Kneipe um. Wenn jemand aus dem Gastraum nach hinten geht, sagst du laut und deutlich: *So! Schluss für heute!* Wenn ich das höre, weiß ich, dass ich aufpassen muss."

„Und wie kommst du da rein?"

„Ich komm überall rein."

„Aha. Wenn du Pech hast, auch in den Knast. Bei dem Dreck, den du sowieso schon am Stecken hast."

„Lieber Dreck am Stecken als im Dreck stecken."

„Wenn du nicht aufpasst, hast du beides."

„Geh schon deinen Kaffee trinken."

Karlo sicherte nach allen Seiten, bis er davon überzeugt war, dass niemand von ihm Notiz nahm, dann zog er sich an der Mauer hoch, wälzte sich darüber und sprang in den kleinen Hof. Geduckt flitzte er zur Eingangstür, drückte sich an die Wand und verharrte einen Augenblick regungslos.

Von der Straße her hörte er die Geräusche einiger vorbeifahrender Autos, das Knattern eines Mopeds, ein entferntes Lachen schallte durch die Nacht, aus irgendeinem Etablissement in der Nähe wehten Musikfetzen.

Im Hof blieb alles still.

„Wir machen bald zu", quäkte es plötzlich aus dem Handy in seiner Brusttasche. Das musste Stunt sein. Einser war also in der Kneipe eingetroffen.

–

Einser verzog keine Miene, als ihm die schwere stickige Luft entgegenschlug. Karlo hatte ihn schon vorgewarnt.

Er schickte einen Blick durch die Kneipe. Zwei Gäste an einem Tisch, einer an der Theke, hinter der Theke der Wirt.

Stunt, wenn Karlos Beschreibung passte.

„Wir machen bald zu", tönte es Einser entgegen, als er sich auf einem der Barhocker niederließ.

Einser heuchelte Enttäuschung, zeigte sein treuherzigstes Gesicht. Was bei einem Mann seines Kalibers besonders drollig wirkte. „Oh, bitte. Nur noch einen Kaffee für den Heimweg", bat er höflich. Dann blitzten seine Augen bauernschlau auf. „Und 'nen Kurzen als Treibstoff. Aber nicht *zu* kurz", kicherte er hinterher.

„Wenn's hilft", murmelte Stunt und stellte Einser einen lauwarmen Wodka vor die Nase. „Kaffee kommt gleich."

–

Karlo hatte richtig getippt, was die Architektur des Hauses betraf. Hinter der Eingangstür im Hof ging es fünf Stufen nach oben. Dort befand sich eine weitere Tür, hinter der er die Räumlichkeiten vermutete, die zur *Schiffschaukel* gehörten. Linkerhand erstreckte sich ein kleiner Flur. An seinem Ende lag die Treppe, die in die Obergeschosse führte.

Direkt hinter dem Eingang vom Hof her wand sich eine Treppe nach unten. Hinter der ersten Biegung versperrte eine weiße Holztür den Zugang zum Keller. Ein feuchter, muffiger Schimmelgeruch quoll Karlo entgegen, als er seinen Blick nach unten lenkte.

Kurz darauf befand sich Karlo auf dem Flur hinter der Tür, die zu den Gaststättenräumen führte. Hier gab es drei Türen, jeweils eine rechts und links des Ganges sowie eine dritte geradeaus am Ende. Karlo richtete den Strahl seiner Taschenlampe auf das Schild, das darauf befestigt war. *Gaststube,* las Karlo mit Genugtuung. Das musste die Tür sein, hinter der die gut gekleideten Herren verschwunden waren.

Karlo begann mit dem ersten Raum links. Er lauschte einen Augenblick, dann drückte er vorsichtig die Klinke. Die Tür war nicht verschlossen. Er schob sie einen Spalt auf, schlüpfte hinein und schloss die Tür hinter sich.

Der Strahl der Taschenlampe wanderte durch den Raum. Die Füße der im Zimmer verteilten Tischchen und der mit blauem Plüsch überzogenen Sessel versanken im hochflorigen Teppichboden. Auf einem der vorderen Tische stand ein Tablett, darauf ein Schälchen Kaffeegebäck, scheinbar unberührt. Auf dem Boden vor dem Tisch lag eine Tasse, der Teppichboden war mit Kaffee befleckt. Daneben entdeckte Karlo die passende Untertasse. Was war hier passiert?

Karlo machte einige Schritte in den Raum hinein. Er zuckte zusammen, als sein Fuß an einen Gegenstand stieß. Etwas Leichtes kullerte von ihm weg. Er leuchtete vor sich auf den Boden. Da. Das Ding war ein schwarzer Hut. Er bückte sich und klaubte die Kopfbedeckung auf. Ein Haarfilzhut im Capone-Style. Tolles Teil, dachte Karlo und drückte ihn sich auf den Kopf. Passte perfekt.

Er zog den Hut wieder vom Kopf und leuchtete hinein. Auf dem Schweißband waren zwei handschriftliche Buchstaben zu sehen, vermutlich mit Wäschestift geschrieben: *G.G.* Karlo wurde es heiß. *G.G.*? Georg Gehring? Gab es wirklich solche Zufälle? Das wäre eigentlich zu viel des Guten. Das konnte fast nicht sein. Auf der anderen Seite bedeutete es überhaupt nichts Gutes, vor allem nicht für Gehring, wenn sein Hut verwaist in diesem Salon auf dem Boden lag.

Karlo grübelte weiter, *G.G.* – das konnte auch ein ganz anderer Name sein. *Gundel Gaukeley*? Er grinste. Nein, nicht die alte Hexe, die wohnte doch am Vesuv. Oder *Gustav Gans*? Nein, der lebte in Entenhausen. Dessen Glück könnte er jetzt allerdings gebrauchen.

Er verkniff sich das Grinsen wieder. Leichter Ärger über seine unpassenden Witzchen verdarb Karlo die Laune. Er schüttelte sich innerlich, setzte den Hut wieder auf und wandte sich der Tür zu. Vorsichtig linste er auf den Flur. Alles schien ruhig. Aus seinem Handy tönten gedämpft Kneipengeräusche, ein Räuspern, Schlürfgeräusche, dann ein Klickern, als würde eine Tasse auf einem Unterteller abgesetzt. Wahrscheinlich Einser, der seinen Kaffee trank.

Karlo schlich über den Gang. Auch die Tür vis-à-vis war nicht verschlossen. Hier wurde es für den heimlichen Gast interessanter als im Salon gegenüber. Regale an den Wänden, einige Stehtische, eine Verkaufstheke mit Aufstellern, in denen diverse Formulare standen, ein großer Schreibtisch, quer in den Raum gestellt.

Karlo begutachtete die Papiere in den Aufstellern. Das waren Wettformulare, laienhaft hergestellt und fotokopiert. Wurden hier die illegalen Spezialwetten gespielt?

Er ging zum Schreibtisch, klemmte die Taschenlampe unter den Arm, griff in einen der drei Ablagekörbe und wühlte sich durch die Formulare.

Dann zuckte er zusammen. Was zum Teufel war das? Zum zweiten Mal in kürzester Zeit sah er sein Konterfei in einem Zusammenhang, der ihm überhaupt nicht passte.

Auf dem Wettformular war sein Gesicht abgebildet. Doch nicht nur das. Auch das Portrait Nowitzkys befand sich auf dem Papier. Was hatte das zu bedeuten? Was lief hier ab?

Die Kopfzeile bekundete in fetter Schrift:

DER HENKER vs. EISENFAUST

Karlo las weiter wie im Fieber. Er konnte nicht glauben, was er sah. Das konnte einfach nicht sein. Das war verrückt – nein, das war mehr als verrückt, das war pervers! Absolut pervers.

Mit einem Mal verstand er, was das Ganze zu bedeuten hatte. Und er bekam Gänsehaut. Diese elenden Schweine hatten ihn und Dominik Nowitzky aufeinander gehetzt. Hatten jedem eine Schusswaffe gegeben und sie erpresst.

Und hatten darauf gewettet, wer von ihnen überleben würde!

Was waren das für Menschen, die solche Wetten mitspielten? Und Unsummen darauf setzten? Blanke Wut packte Karlo. Rote Schleier tanzten vor seinen Augen.

So! Schluss für heute!, quäkte es aus Karlos Jackentasche.

Der Warnruf!

Zusätzlich ertönte Stimmengewirr aus dem kleinen Lautsprecher. Hatte er das richtig verstanden, und es war plötzlich Polizei in der Kneipe? Nach einer kurzen Schrecksekunde hatte sich Karlo wieder im Griff.

Jetzt aber schnell!

Er stopfte den Wettschein in die Jacke, flitzte zur Tür, verließ das Wettzimmer und hetzte den Flur entlang. Als er hörte, wie die Tür zur Gaststätte geöffnet wurde, schaffte er es gerade noch, sich unbemerkt auf die Kellertreppe zu retten. Das Flurlicht flammte auf, man hörte Schritte, gedämpfte Stimmen ertönten, eine Tür wurde geöffnet. Er schlich um die Biegung und blieb vor der weißen Kellertür stehen.

–

Einser hatte den lauwarmen Wodka in den Kaffee gekippt, reichlich Zucker dazugeschüttet und das Ganze gut verrührt. Als er die Tasse geleert hatte, stellte er sie vor sich ab und drehte sich um, weil er von der Eingangstür ein Geräusch gehört hatte.

Die Tür öffnete sich. Zwei uniformierte Polizeibeamte traten ein und näherten sich der Theke.

Polizei? Einser runzelte die Stirn. Die Stunde war doch noch lange nicht um. Hatte Reinfeld Angst bekommen und die Polizei zu früh alarmiert? Nein, das war unwahrscheinlich. Wenn die Polizei vermutete, hier würde geschossen, würde sie eine andere Präsenz zeigen.

Einer der Beamten sprach den Mann hinter der Theke an. „Wir sind angerufen worden. Ein Zeuge hat ausgesagt, jemand hätte sich Zutritt in den Hof hinter dem Haus verschafft. Ein Mann wurde beobachtet, wie er über die Mauer geklettert ist."

Karl Einser presste die Lippen aufeinander. Karlo! Jetzt wurde es eng!

Stunt reagierte angespannt. „Hier war keiner“, kam es unfreundlich hinter der Theke hervor. „Bestimmt irgendein Besoffener, der mal pinkeln musste. Kommt dauernd vor.“

„Wir müssen trotzdem nachsehen. Würden Sie uns bitte zum Hintereingang begleiten? Sie haben doch sicher die Schlüssel?“

Stunt zog eine Schublade auf und griff hinein. „Klar hab ich die Schlüssel“, gab er widerwillig zu. „Dann kommen Sie eben, wenn es sein muss. Ich wollte sowieso gerade dichtmachen.“

„So! Schluss für heute!“, sagte Einser vernehmlich und hoffte, dass es bei Karlo rechtzeitig angekommen war.

–

„Nein“, machte sich Gehring Mut, bevor er sich entschloss, rohe Gewalt anzuwenden. „Nein. Das ist keine Gasleitung.“

Er umfasste das Rohr mit beiden Händen und riss und rüttelte mit voller Kraft. Nach einigen Versuchen brachen die Halterungen aus der Mauer. Gehring hatte bemerkt, dass das senkrechte Rohr in Bodennähe mit einem Knie verschraubt war und in etwa zehn Zentimetern über dem Boden nach rechts abging. Nachdem die Halterungen aus der Wand gerissen waren, hatte er dadurch einen gewaltigen Hebel. Er hoffte daher, dass die Leitung an der nächsten Verschraubung brechen könnte.

Gehrings Plan funktionierte. Etwa zwanzig Zentimeter oberhalb des Bodens brach das Rohr aus der Verbindung. Wasser ergoss sich in dickem Strahl in den Kellerraum. Hektisch streifte Gehring die Handschellen über das Rohrende. Wenigstens hatte er nun die Hände frei. Er löste seine teure Seidenkrawatte und drehte sie zu einem Pfopfen zusammen. Dann versuchte er, die Leitung mit dem Schlips zu stopfen.

Doch genau hier lag das Problem.

Solange er dabeiblieb und die Krawatte in das Wasserrohr drückte, konnte er die Flut eindämmen. Ging er zur Tür, um zu versuchen, sie aufzubrechen, schoss der Schlips wieder aus der Leitung heraus. Was zur Folge hatte, dass Wasser ungehindert in den Keller strömte.

Irgendwann würde jemand feststellen, dass mit der Wasserzufuhr etwas nicht stimmte. Aber wann würde das sein? Bestimmt nicht mehr mitten in der Nacht.

So pendelte er hin und her, suchte zum einen den Raum nach Gegenständen ab, die es ihm ermöglichen könnten, die Tür zu knacken, zum anderen drückte er seinen Finger in die Leitung wie der kleine holländische Junge in den Deich.

Als er langsam den Mut verlor, hörte er, wie sich jemand am Türschloss zu schaffen machte.

Das konnte eigentlich nur Stunt sein, der schon bemerkt hatte, dass mit dem Wasserdruck etwas nicht stimmte. Oder einer seiner Handlanger.

Er ging zu dem großen Schrank und öffnete die Tür. Seine Augen hatten sich mittlerweile gut an die Dunkelheit gewöhnt, viel zu sehen gab es trotzdem nicht. Er hätte das Licht anmachen können, wollte jedoch seinen Widersacher nicht warnen. Deshalb tastete er vorsichtig im Schrank herum. Auf einem der Zwischenbretter türmte sich diverses Werkzeug. Eine Rohrzange, Schraubenzieher, Gabelschlüssel – und ein großer Holzhammer. Perfekt!

Das Wasser stand derweil um die fünf Zentimeter hoch

im Keller. Gehrings Klamotten waren völlig durchnässt. Der Ex-Polizist fröstelte.

Er stellte sich neben die Tür und hob den Hammer an.

–

Einer der beiden Uniformierten schloss die zweite Tür der Räumlichkeiten hinter der Gaststätte. Dann ging er zur hofseitigen Eingangstür, schaute raus und leuchtete den kleinen Hof ab. „Niemand hier“, verkündete er ärgerlich. „Sicher wollte sich bloß einer wichtig machen. Aber wir gehen lieber noch mal durch die Stockwerke.“ Er musterte seinen Kollegen, der vor der Kellertreppe stand. „Kommst du?“

„Wir waren noch nicht im Keller“, stellte der zweite Beamte fest. „Da würde ich auch gerne noch mal ’nen Blick reinwerfen.“

Stunt wurde zusehends nervöser. „Im Keller? Kann ich mir nicht vorstellen, dass jemand da reingeht. Da gibt’s doch nichts zu holen.“

„Das weiß der Einbrecher aber nicht“, belehrte ihn der Uniformierte. „Sicher ist sicher. Dauert ja nicht lange.“

Damit stieg er die Treppe hinunter.

Stunt biss sich auf die Lippen. Was sollte er nur tun? Wenn die Bullen den Schnüffler fanden, war er geliefert.

Schweren Herzens entschloss er sich mitzuspielen. Vielleicht ging alles gut und sie gaben sich damit zufrieden, dass die einzelnen Kellerräume verschlossen waren.

„He, verdammter Mist!“, erscholl die Stimme des Polizisten nach oben. „Was ist denn hier los? Hier steht ja das Wasser knöchelhoch.“

Stunt erstarrte. *Das Wasser*?

Der Polizist im Keller sah den Gang entlang und bemerkte Karlo, der im Begriff war, eine Kellertür zu öffnen.

„Also doch!“, brüllte der Beamte. „Hier ist er!“ Er zog seine Dienstwaffe. Mit der linken Hand leuchtete er Karlo ins Gesicht. „Hände hoch, aber flott!“

Der zweite Polizist zog seine Pistole aus dem Halfter und eilte nach unten. Er riss ungläubig die Augen auf.

Was er sah, war grotesk.

Hinter der Kellertür stand sein Kollege knöcheltief im Wasser und hielt die Dienstwaffe im Anschlag. Ein völlig perplexer hagerer Mann stand vor der Tür eines Kellerabschnitts, die Hände hoch in die Luft gestreckt. Auf seinem Kopf saß ein schwarzer Wollfilzhut im Capone-Style. Durch die geöffnete Tür des Kellerabteils war ein Mann in einem teuren Anzug zu sehen, einen riesigen Holzhammer in den erhobenen Händen, bereit zum Zuschlagen. Um sein Handgelenk baumelten mit rosa Plüsch bezogene Handschellen.

„Lassen Sie den Hammer fallen!“ Gehring gehorchte. „Genau, sehr schön“, lobte der Uniformierte. „Und jetzt herkommen, aber langsam. Alle beide.“

Gehring hatte sich entschlossen, erst einmal nichts zu sagen. Er nickte Karlo zu, und wie die begossenen Pudel erklommen sie die Treppe zum Erdgeschoss.

Stunt bewies eiserne Nerven. „Was habt ihr da schon wieder angestellt, ihr Pfeifen?“, fuhr er Karlo abgebrüht an.

Einer der Beamten schaute verwundert. „Sie kennen die Männer?“

Stunt hatte sich bestens im Griff. „Klar“, sagte er lässig, „das sind meine Jungs. Sagt mal, was treibt ihr denn da unten? Wo kommt das ganze Wasser her?“

„Keine Ahnung. Ich hab den Haupthahn gesucht, aber nicht gefunden", ätzte Karlo übellaunig.

Vico Meininger sprang die Kellertreppe runter. Man hörte ihn im Wasser herumtappen. Irgendwann quietschte der Haupthahn. Kurz darauf war die Sintflut gestoppt.

Müde kam Stunt wieder nach oben gestapft.

Die Polizisten befragten mittlerweile Gehring und Karlo. „Sie kennen sich also alle, verstehe ich das richtig?"

„Ja", antwortete Karlo wahrheitsgemäß.

„Dann sind Sie also nicht hier eingebrochen?"

„Aber nein. Weshalb sollte ich?"

Der Beamte ging nicht darauf ein. „Wie ist es eigentlich zu dem Wasserschaden gekommen?"

Karlo schürzte die Lippen. „Wenn ich das wüsste." Er zuckte mit den Schultern. „Die Leitung war im Winter mal vereist. Vielleicht ist dabei ein Schaden entstanden."

Der zweite der Streifenbeamten atmete tief durch. Er war misstrauischer. „Sie denken wohl, wir ziehen die Hose mit der Kneifzange an? Hier ist doch was oberfaul. Na los, raus mit der Sprache!" Er musterte Karlo argwöhnisch. „Wie sind Sie hier reingekommen?"

„Durch die Tür, wie denn sonst?" Karlo blickte zur Seite, wo Stunt mittlerweile wieder aufgetaucht war. „Ach ja, Stunt. Was ich noch sagen wollte: Du brauchst neue Tiefkühlware. Die alte ist leider abgelaufen. Tut mir leid."

Stunt blieb äußerlich ruhig, er brummte etwas Unverständliches. Nur seine Nasenflügel bebten verdächtig.

In diesem Moment fiel der Blick des zweiten Beamten auf Gehrings Handgelenk, an dem die rosa Handschelle baumelte. Widerwillen breitete sich in dem Polizisten aus, und plötzlich hatte er die Nase gestrichen voll. Seine Füße waren nass, seine Schuhe wahrscheinlich im Eimer, die Feuchtigkeit zog sich langsam die Hosenbeine hoch. Er verfluchte den Anrufer, wegen dem sie hier waren, er verfluchte das ganze verdammte Viertel hier. Sie hatten wahrlich andere Sachen zu tun, als auf irgendwelche absonderliche Typen aufzupassen, die bizarre Spielchen mit rosa Plüsch-Handschellen und Holzhämmern in feuchten Kellern trieben.

„Auf geht's, Hajo. Ich hab die Nase voll. Hier können wir nichts machen. Lass uns abhauen. Ich muss mir was Trockenes anziehen." Er starrte Stunt wütend an. „Ich will heute nichts mehr von Ihnen hören, Meininger, dass das klar ist."

Karlo und Gehring beeilten sich, mit den beiden Polizisten in den Gastraum zu gelangen. Stunt folgte ihnen auf dem Fuß.

Karl Einser fiel fast vom Barhocker, als er Gehring erblickte. „Was ..." Karlo legte einen Finger auf seine Lippen. „Auf geht's, Karl. Lass uns verschwinden."

Stunt schaute entgeistert, als er bemerkte, dass Einser Karlo und Gehring kannte. Hatte er diesen Kölner unterschätzt?

Einser wühlte in seinen Hosentaschen. „Ich muss noch bezahlen", wandte er ein.

Karlo grinste Stunt frech ins Gesicht. „Das geht auf's Haus", verkündete er fröhlich. „Ist 'ne alte Tradition."

Die nassen Schuhe quietschten beim Laufen, als die drei Männer Richtung Taunusstraße trotteten.

„Ich hab mich noch gar nicht bedankt, Herr Kölner!" Gehring schaute ein wenig verschämt. „Sie kamen genau richtig. Ich bin in die Falle getappt wie ein Schüler." Dann runzelte er die Stirn. „Sagen Sie – ist das etwa mein Hut?"

„Wenn Ihr Hut innen mit *G.G.* gekennzeichnet ist, ja."
„Dann ist ja gut, dass ich nicht zugeschlagen habe."

Reinfeld sprang aus dem Wagen, als sich die Freunde näherten. „Endlich. Was habe ich mir Sorgen gemacht! Schon eineinviertel Stunden seid ihr weg. Gerade im Moment habe ich die Polizei benachrichtigt."

„Du hast *was*?" Karlo schaute alarmiert.

„Du hast doch gesagt, ich soll ..."

„Ja, schon gut, hab ich. Vergiss es."

Aus der Ferne hörte man das Konzert der Martinshörner mehrerer Polizeiwagen näherkommen.

„Jetzt aber nix wie weg, Leute", drängte Einser, „denen möchte ich jetzt nicht begegnen."

„Da hast du recht", kicherte Karlo. „Aber unser Freund Stunt, der kriegt bestimmt gleich seinen Spaß."

Mittwoch, 27. April, in aller Frühe
Frankfurt-Fechenheim

28

Reinfeld parkte den Transporter vor Gehrings Haus. Gehring gähnte herzhaft und strich sich mit einer müden Geste durch die Haare. Karlo schaute den privaten Ermittler besorgt an. „Und Sie kommen wirklich zurecht? Geht es Ihnen gut? Sie sehen nicht so toll aus."

„Nein, alles ist gut. Ich bin nur völlig übermüdet. Zum Glück ist meine Frau nicht da. Wenn sie mich so sehen würde, bekäme sie den Schock ihres Lebens." Dann hob er den rechten Arm und starrte auf die rosa Handfessel. „Wie krieg ich eigentlich dieses Ding hier los?"

Reinfeld drehte sich nach hinten. Karl Einser hatte in den sauren Apfel gebissen und im Laderaum Platz genommen, da die Sitzbank nur für drei Personen zugelassen war. Das war natürlich auch nicht zulässig, man konnte es aber von außen nicht sehen.

„Karl, schau doch mal in die Kiste hinter meinem Sitz. Da müsste ein Bolzenschneider drinliegen."

Einser wühlte einen Moment, dann reichte er Reinfeld das gewünschte Werkzeug. Nach zwei kräftigen Schnitten war Gehring das lästige Spielzeug los.

„Danke, Herr Reinfeld." Erst rieb er sich das Handgelenk, dann fuhr er sich übers Gesicht. „Hören Sie, wie mein Bett ruft?", gähnte er ungeniert. „Ich werde schlafen wie ein

Stein. Das sollten Sie alle auch tun." Noch einmal leuchteten seine Augen auf. „Ach, Herr Kölner", er wies auf Karlos Kopf. „Wenn Sie so nett wären und mir meinen Hut wiedergäben? Obwohl ich gestehen muss, er gibt Ihnen das gewisse Etwas. Sie sehen damit richtig verwegen aus – wie ein zwielichtiger Mafiaganove."

„Dann ist der Hut eine Art Tarnkappe", gluckste Einser, „nur umgekehrt ..."

Karlo gab sich schuldbewusst. „Oh, das tut mir leid. Den Hut hatte ich ganz vergessen. Ich wollte die Hände freibehalten, da hab ich ihn einfach aufgesetzt. Das war das Praktischste. Der Deckel passt aber auch wie angegossen."

Karlo zog den Hut vom Kopf und hielt ihn Gehring hin. „Und der steht mir wirklich gut?", fragte er geschmeichelt.

„Wissen Sie was?", erwiderte Gehring, „wenn er Ihnen gefällt, dann behalten Sie ihn."

Karlo war perplex. „Das kann ich doch nicht annehmen. Das ist ein richtig teures Teil. Der hat bestimmt zweihundert Euro gekostet."

„Sie haben mich freundlicherweise aus dem nassen Keller befreit. Wer weiß, was sonst passiert wäre."

Karlo ließ sich nicht lange bitten. „Dann bin ich ab jetzt gut behütet, was? Danke, Herr Gehring. Ach ja", hielt er den Privatdetektiv noch auf, „wenn wir morgen im Laufe des Tages nichts voneinander hören – wollen wir uns vor Pinkys Konzert am Freitag in der *Bluesmühle* treffen? Um zu beraten, wie es mit unserem Fall weitergeht? Ich habe keine Lust, das alles auf sich beruhen zu lassen. Da sind noch Rechnungen offen. Und ich muss mir überlegen, was wir mit dem *Baron* anstellen."

„Mann, Mann, Mann", grantelte Gehring, als er aus dem Bus stieg, „Teufels Küche ist ein elektrisches Kaminfeuer gegen die Zusammenarbeit mit Ihnen. Aber Sie haben recht. Wann wollen wir uns treffen?“

„Achtzehn Uhr dreißig?“

„Okay. Schlafen Sie gut.“

Reinfeld wendete den Bus, kurz darauf überquerten sie die Vilbeler Landstraße.

„Endlich Zeit zum Schlafen“, freute er sich auf einige ungestörte Stündchen. Einser war wieder nach vorne gekommen, rieb sich die geröteten Augen und gähnte verstohlen.

„Leute“, begann Karlo plötzlich, und nur der Ton dieses einen Wortes ließ Einser und Reinfeld argwöhnisch aufhorchen.

„Waaas?“, entfuhr es Reinfeld. Einser sah Karlo mit zusammengekniffenen Augen an und sagte nichts.

„Ich brauche noch einmal eure Hilfe. Jetzt. Wir sind noch nicht fertig.“ Er schaute in zwei offene Münder.

„Also, hört gut zu. Ich erklär's euch.“

„Du willst den *Baron* wirklich wieder zurückbringen? Und das heute noch? Bist du wahnsinnig?“

„Es ist die einzige Chance, ihn wieder loszuwerden. Irgendwie müssen wir ihn uns vom Hals schaffen. Die Lage hat sich eben geändert. Ich hab's euch doch erklärt.“

„Na gut“, gab Einser schließlich nach. „Aber du zahlst am Freitagabend die gesamte Zeche. Und ich werde mit dem Taxi kommen und verdammt großen Durst haben.“

„Versprochen.“

Reinfeld winkte resigniert ab. „Dann nichts wie los, ehe ich vor Müdigkeit vom Fahrersitz rutsche.“

Kurz darauf rollte der Bus wieder Richtung Fulda.

Vier Stunden später war die Tiefkühltruhe zurück in der ehemaligen Wohnung des Barons.

Fünf Stunden später sanken drei völlig erschöpfte Männer in ihre Betten und waren zu keinem klaren Gedanken mehr fähig.

Donnerstag, 28. April
Frankfurt-Fechenheim

29

„Willkommen in der realen Welt." Jeannette saß auf der Bettkante und begrüßte Karlo, der aus dem Reich der Träume zurückgefunden hatte. „Was in aller Welt hast du getrieben? Bist du versackt?"

Karlo blinzelte verschlafen und wischte sich die Augen. *Bitte, jetzt keine Vorhaltungen,* dachte er aufgeschreckt, doch zu seinem Erstaunen schien seine Freundin nur besorgt zu sein. Er streckte sich, griff verwirrt nach Jeannettes rechter Hand und drückte sie zärtlich.

„Wie spät ist es denn?" Er fühlte sich wie benebelt. „Ist es noch Mittwoch?"

„Schön wär's. Den hast du komplett verpennt!"

„Wie bitte? Ach du große Scheiße"", entfuhr es ihm entsetzt. „Nein, nicht versackt, wirklich nicht", versicherte er dann gähnend. „Es ist eine lange Geschichte. Und eine böse Geschichte. Ich war mit Herbert und Karl unterwegs. Wir haben Gehring gesucht."

„Wieso das denn?"

„Gehring war verschwunden. Er hatte versucht im Bahnhofsviertel zu recherchieren und dabei ..." Er unterbrach sich und setzte sich auf. „Hast du Zeit oder musst du auf die Arbeit?"

„Wieso?"

„Weil es eine ganze Weile dauern wird, bis ich dir alles erzählt habe."

„Ich denke, es ist in Ordnung, wenn ich gegen halb elf in der Firma bin."

„Gut. Dann lass mir eine Viertelstunde für's Bad. Vielleicht machst du in der Zwischenzeit einen Kaffee? Den könnte ich jetzt ganz dringend gebrauchen. Und dann erkläre ich dir die ganze Angelegenheit."

Es fiel Jeannette schwer, das Gehörte zu verarbeiten. Doch sie kannte Karlo, und sie hatte mehr als eine seiner Ermittlungen hautnah mitbekommen. Deshalb zweifelte sie keinen Moment an seinem Bericht.

„Und wie geht es jetzt weiter?", wollte sie wissen.

„Tja, wir treffen uns alle morgen eine gute Stunde vor dem Konzert in der *Bluesmühle*. Da werden wir beraten, was wir unternehmen."

„Konzert? Welches Konzert?"

„Ich hatte dir doch von Pinky erzählt."

„Pinky? Ach ja. Das ist doch dein neuer Freund, der tolle Musiker, den du in dieser wüsten Kneipe kennengelernt hast."

„Genau. Und der spielt morgen Abend bei Harry in der *Bluesmühle*. Hab ich für ihn ausgemacht."

„Oh. Toll. Da bin ich mal gespannt."

„Du gehst mit?"

„Was denkst du denn? Das lasse ich mir doch nicht entgehen." Sie stand auf. „So, jetzt muss ich los. Sonst krieg ich Ärger mit meinem Chef. Und, Karlo ...?"

„Ja?"

„Bitte pass auf dich auf."

„Na klar. Was denkst du denn, Jeannette? Ich passe doch immer auf. Vor allem auf mich."

Er erhob sich ebenfalls und nahm Jeannette in den Arm. Sie drückte ihm einen schnellen Kuss auf die Wange, dann machte sie sich frei. „Ich nehme den Granada," verkündete sie fröhlich. „Bis heute Abend."

Dann verdüsterte sich ihre Miene. „Was ist eigentlich mit Sinas Auto?", erkundigte sie sich, schon auf dem Weg zur Tür. Als sie sein verdutztes Gesicht sah, legte sie nach: „Ich wollte bloß mal gefragt haben."

Und weg war sie.

Verflucht! Das hatte er völlig verdrängt!

–

Gehring schloss die Tür auf und betrat das Haus. Er hatte seinen teuren Anzug in die Reinigung gebracht und hoffte, dass er ihn in annehmbarem Zustand wieder zurückbekommen würde. Das Stirnrunzeln der Angestellten des Fachbetriebs hatte ihm nicht gerade Mut gemacht, aber man musste es versuchen. Seinen Mantel hatte er ebenso abgeschrieben wie sein Handy. Und die schönen rahmengenähten Schuhe waren ebenfalls ruiniert. Er würde sich alles neu besorgen müssen.

An diesem Fall gab es nichts zu verdienen, ganz im Gegenteil. Aber er konnte Karlo nicht hängenlassen.

Mit seiner Frau hatte er am Morgen schon gesprochen, ihr allerdings die Turbulenzen der letzten beiden Tage vorenthalten, um sie nicht zu ängstigen. Sie wollte am Sonntag wieder zu Hause sein.

Der Detektiv heftete den Abholzettel der Reinigung an

die Pinnwand in der Diele, dann machte er sich auf den Weg in den ersten Stock.

Noch auf der Treppe kam ihm ein Gedanke, der ihn die ganze Zeit schon beschäftigt hatte. Er betrat sein Büro, setzte sich auf den Bürosessel und wählte Reichards Nummer. Das Gespräch war nur kurz.

Lediglich Sekunden, nachdem er aufgelegt hatte, meldete sich das Telefon.

„Hallo, Herr Gehring“, vernahm er Karlo Kölners muntere Stimme. „Haben Sie alles gut überstanden? Geht es Ihnen gut?“

„Ach, Herr Kölner. Ja, geht schon, geht schon. Gibt es etwas Besonderes?“

„Ja. Ich habe noch einmal nachgedacht. Eigentlich hatten wir ja geglaubt, es wäre nicht so wichtig. Aber wir sollten dem nachgehen, denke ich.“

„Was meinen Sie?“

„Der Baron hat doch einen Sohn. Was ist eigentlich mit dem? Wir sollten ...“

„Sie kommen zu spät, Herr Kölner“, lachte Gehring, „ich habe gerade eben mit Harald gesprochen. Er gräbt noch mal nach. Wenn wir Glück haben, wissen wir gegen Abend mehr. Wenn ich was erfahre, ruf ich Sie an. Jetzt fahre ich erst einmal nach Enkheim rüber. Ich muss mir ein neues Smartphone besorgen.“

„Gut. Dann bis später.“

„Ja, Herr Kölner. Bis später.“

Freitag, 28. April
Frankfurt-Fechenheim

30

„Der Sohn des Barons wurde zur Adoption freigegeben, so viel steht fest“, verkündete Harald Reichard. „Hilft dir das weiter, Georg?“

„Das werden wir sehen. Und hast du auch den Namen der Familie?“

„So weit bin ich noch nicht. Vielleicht weiß ich heute Abend mehr. Reicht das?“

„Es muss reichen. Ich bin ja froh, dass du mir hilfst. Sag mal“, fiel Gehring plötzlich ein, „warum kommst du nicht heute Abend in die *Bluesmühle*? Da macht ein Bekannter von Karlo Kölner Musik. Soll absolute Klasse sein. Hast du nicht Lust? Wir könnten endlich mal wieder ein Bierchen zusammen trinken. Meine Frau ist bei ihrer Freundin zu Besuch und kommt erst am Sonntag wieder, ich habe also Zeit.“

„Mann. Das ist eine tolle Idee. Meine Frau hat von Freitag bis Sonntag Nachtschicht, ich bin also auch alleine. Klar, ich komme gern. Wann geht es denn los?“

„Das Konzert beginnt so ab acht, halb neun. Wir treffen uns aber schon gegen halb sieben, um eine Lagebesprechung abzuhalten.“

„Wir?“

„Ja. Herr Kölner und ich, dann werden noch Karl Einser

und Herbert Reinfeld dazukommen. Vielleicht stößt später auch noch Herr Kuhl dazu. Die kennst du ja alle."

„Ja, klar. Die Leute von Kölners Motorradclub. Da brodelt es doch schon wieder, was? Erfährt man dann auch, um was es eigentlich geht?"

„Wird sich irgendwann nicht vermeiden lassen. Aber wir sind noch nicht so weit, die Polizei offiziell einzuweihen. Du erfährst natürlich alles als Erster."

„Na gut. Dann also bis später, Georg."

„Ja, bis später, Harald."

„Ach, Georg ...", druckste Reichard plötzlich.

„Ja, was denn noch?"

„Wäre es schlimm, wenn ich noch jemand mitbringe?"

„Warum soll das schlimm sein? Wenn's nicht der Würger von Boston ist ..."

„Nein, nein, da kann ich dich beruhigen. Der ist es ganz bestimmt nicht."

„Und wer ist es dann?"

„Lass dich einfach überraschen."

–

Da Karlo über Harry Webers Kochkünste Bescheid wusste, hatte er sich ein deftiges Abendessen zubereitet.

Als Jeannette gegen achtzehn Uhr nach Hause kam, schüttelte sie nur den Kopf. Karlo saß am Küchentisch und schaufelte Berge von Bratkartoffeln, mehrere Scheiben gebackenen Leberkäse mit reichlich Zwiebeln und drei Spiegeleier in sich hinein.

„Es wird heute Abend ein wenig später bei mir, Karlo", verkündete sie müde. „Wir hatten einen stressigen Tag. Ich bin ziemlich geschafft, möchte noch baden und mich ein bisschen entspannen. Ich komme dann zwischen neun und zehn in die Mühle. Das reicht doch, oder?"

„Natürlich reicht es, aber es ist wirklich schade. Pinky ist einfach Weltklasse."

„Ich seh zu, was ich machen kann. Wenn mir danach ist, komme ich auch ein bisschen früher. Aber quälen tu ich mich nicht deswegen. Auch nicht wegen deines Freundes Pinky."

„Ist schon gut. Mach ganz, wie du denkst."

Freitag, 28. April
Frankfurt-Fechenheim

31

Ein wenig Bauchdrücken hatte Karlo schon, als er in die *Bluesmühle* aufbrach. Er hatte sich schlicht und einfach überfressen. Ein doppelter Jameson könnte Abhilfe schaffen, dachte er sich.

Als er aus der Haustür trat, schaute er nach links, rüber zum Hennsee. Die Straße *Am Hennsee* kreuzte die Mittelseestraße nur einige Meter vom Hauseingang entfernt.

Karlo traute seinen Augen nicht. Da drüben, da parkte doch Sinas Skoda! Er rannte los.

Nach einigen Schritten stand er vor dem grünen Wagen. Als er die Nummernschilder prüfte, war die Enttäuschung groß. Das Fahrzeug war mit einem Frankfurter Kennzeichen versehen. Er umkreiste den Wagen mehrfach. Es war das neue Modell. Aber augenscheinlich nicht Sinas Gefährt. Auch der TÜV-Stempel passte nicht. Wie Karlo an seiner Farbe erkannte, hatte das Auto nur noch ein Jahr bis zur nächsten Hauptuntersuchung.

Frustriert wandte er sich ab.

Es wäre auch zu schön gewesen.

Georg Gehring, Karl Einser und Herbert Reinfeld saßen schon am runden Tisch vor dem Kamin, als Karlo die Gaststube betrat. Ein unangenehmer Geruch stieg ihm in die

Nase. Es roch säuerlich-bitter, aber auch ein wenig angebrannt. Schwelte hier irgendein Kabel, oder kam das etwa aus der Küche?

Pinky war ebenfalls schon da. Sein Gitarrenkoffer lehnte am Dart-Automaten, er selbst saß an der Theke. Vor ihm stand ein Teller mit einem dicken weißlichen Schleim, in dem kleine braune Bröckchen unbestimmter Herkunft schwammen. Karlo begrüßte zuerst seine Freunde.

„Guten Abend. Seid ihr schon lange da?"

„Gerade angekommen. Getränke sind schon bestellt."

Karlo ging zur Theke. „Harry, machst du mir bitte ein Guinness und einen Jameson?"

„Schon in Arbeit."

Dann wandte er sich Pinky zu. „Schön, dich zu sehen, mein Freund. Aufgeregt?"

„Wegen meinem Auftritt? Nein, eigentlich nicht. Bin's ja gewohnt. Aber, Karlo, sag mal", er deutete auf den Teller, „der Koch überschätzt sich ganz schön, oder?"

Karlo verbiss sich ein Grinsen. „Tut mir leid, Pinky", flüsterte er, so dass Weber ihn nicht hören konnte, „ich hätte dich vorwarnen sollen. Harry denkt, er sei so 'ne Art Sternekoch." Er rümpfte die Nase. „Sei bloß froh, dass es keinen Irish Stew gibt, oder gar Labskaus. Mit Harrys Labskaus kannst du ganze Landstriche entvölkern." Er schaute zaghaft auf Pinkys schmierigen Schmaus. „Was ist das eigentlich?", erkundigte er sich angewidert.

Pinky zuckte mit den Schultern. „Ich weiß es nicht. Aber der Wirt behauptet, es sei Hühnerfrikassee."

„Da musst du jetzt durch, Pinky."

„Hoffentlich verkleben mir die Stimmbänder nicht."

„Hoffen wir lieber, dass die Tunke whiskylöslich ist."

In diesem Moment brachte Harry Weber die Getränke. „So, die Herren, bitte schön." Er stellte die Gläser ab und blickte bedeutsam. „Wenn jemand Hunger hat – heute steht was ganz Besonderes auf der Tageskarte."

„Hab's schon gerochen, als ich reinkam", startete Karlo einen Rettungsversuch. „Und habe mir gedacht: Ich will verflucht sein, wenn der gute Harry heute nicht ein leckeres Hühnerfrikassee gekocht hat."

Der dicke Wirt strahlte.

Bevor Harry einen weiteren Kommentar abgeben konnte, sprach Karlo weiter. „Leider bin ich heute schon versorgt. Als ich heimgekommen bin, hatte Jeannette schon gekocht. Deshalb habe ich zu Hause gegessen. Und ihr wisst ja, wie Jeannette ist, wenn sie am Herd gestanden hat und man das nicht gebührend würdigt."

Das Strahlen in Webers Gesicht verschwand.

Der Rest der Freunde erging sich in zustimmendem Gemurmel.

Weber gab noch lange nicht auf. „Aber die anderen Herren wirken ziemlich hungrig", bohrte er. „Was ist mit Ihnen, Herr Hauptkommissar?"

„Ex-Hauptkommissar, bitte." Gehring winkte ab. „Im Moment nicht, danke, wir haben vor dem Konzert einiges zu besprechen. Vielleicht machen wir einen Mitternachtssnack, das geht doch, oder?"

„Selbstverständlich, Herr Haupt ..., äh, Herr Ex."

Weber drehte ab und wackelte hinter die Theke.

„Sie meinen, um Mitternacht haben wir genug Whisky intus, um dieses flutschige Frikassee zu vertragen?" Karlo schaute kränklich, als hätte er schon gekostet.

Karl Einser stellte sein Bierglas ab, strich sich über seinen

Kinnbart und kicherte. „In manchen Kneipen musst du dir die Frauen schöntrinken. Hier macht man das mit dem Essen."

Pinky war an den Tisch herangetreten und guckte Karlo an. „Habt ihr was dagegen, wenn ich mich dazusetze? Ich muss weg von diesem ... diesem Teller."

Karlo schickte Gehring einen Blick. Der hob die Augenbrauen und neigte den Kopf. Karlo verstand. Das Thema des aktuellen Falles war damit tabu. Mit einem Fremden am Tisch, vor allem jemandem, der auch in der *Schiffschaukel* verkehrte, konnte man nicht die Ereignisse der letzten Tage diskutieren.

Doch wegschicken wollte er seinen neuen Kumpel auch nicht. Das hätte er als unhöflich empfunden.

Nach und nach füllte sich die *Bluesmühle*. Irgendwann waren alle Tische besetzt und an die vierzig weitere Gäste gaben sich mit Stehplätzen zufrieden.

Pinky ging zu der winzigen Bühne links von der hufeisenförmigen Theke und begann, seine Gitarre zu stimmen.

Als er kurz darauf anfing zu spielen, öffnete sich die Tür. Karlo drehte sich um. Am Eingang stand Kommissar Reichard, hielt mit der Linken die Tür auf, mit der Rechten wies er einer Frau den Weg ins Lokal.

Karlos Hals wurde trocken.

Conny Katzenbach betrat die *Bluesmühle.*

Welcome to the Hotel California, such a lovely place ...

Gehring, Reinfeld, Einser und die beiden Neuankömmlinge bekamen den Mund nicht mehr zu, als Pinky das Konzert mit dem Klassiker der *Eagles* eröffnete.

Karlo begrüßte Conny Katzenbach mit einem unauffälligen Lächeln, das sie kühl, aber routiniert erwiderte. Er verstand: *Heute nicht*! Was natürlich passte. Jeannette musste jeden Moment kommen, und eine Szene in der vollbesetzten Kneipe brauchte niemand.

Pinky interpretierte den Hit der *Eagles* in einer Manier, die keinen in der Kneipe unberührt ließ. Eine völlig eigene Variante der Unplugged-Version dieser Kult-Band verzauberte Musikliebhaber und Zufallsgäste gleichermaßen. Und so ging es weiter. Pinky spielte einen ebenso genialen wie überraschenden Querschnitt der internationalen Blues- und Rockgeschichte.

Einzig Karlo fand den Zugang zur Musik nicht so recht. Etwas Anderes spukte ihm im Kopf herum.

Dieser grüne Skoda *Am Hennsee* ließ ihm keine Ruhe. Doch er brachte es nicht auf einen Nenner. Etwas stimmte nicht, es wollte nicht zusammenpassen. Doch was war *es*?

Im gleichen Moment, als Pinky *What a wonderful World* von Louis Armstrong anstimmte, schlüpfte Jeannette durch die Tür. Sie hängte ihre Jacke an die Garderobe und ging auf den runden Tisch zu. Fasziniert von Pinkys Stimme blieb sie stehen und lauschte wie verzaubert.

Dieser kleine hässliche Vogel mit dem abgetragenen, fadenscheinigen Pullover machte diese Musik? Sie schloss die Augen und hatte das Gefühl, der alte Satchmo selbst säße dort auf dem Barhocker und sänge seinen großen Hit.

Unfassbar!

Auch Karlo wurde etwas aufmerksamer. Pinkys Stimme knarzte und knarrte, krähte und knurrte – *wie ein heiserer Bernhardiner*, dachte Karlo. Im gleichen Moment bemerkte er Jeannette. Er stand auf, begrüßte sie und zog sie zum letzten freien Stuhl am runden Tisch.

Als Jeannette in die Runde grüßte, bemerkte sie Conny Katzenbach. Karlo spürte sofort, wie es bei seiner Freundin knisterte. Da kam ihm eine geniale Idee. Er zog Jeannette an sich. „Reichard ist mit der Katzenbach da. Tu mir einen Gefallen und verdirb es ihm nicht."

Jeannette sah Karlo verblüfft an. Dann guckte sie zu Reichard, der seine attraktive Kollegin dabei beobachtete, wie sie fasziniert Pinkys Klängen lauschte. Sie bezweifelte, dass die Polizistin etwas von dem biederen Reichard wollte, aber man wusste ja nie. Karlo war allerdings aus dieser Nummer definitiv raus. Zumindest heute Abend.

Karlos Gedanken hingegen hatten einen Schubs bekommen. Der grüne Skoda!

Was war er doch für ein Blödmann!

Ein brandneuer Wagen und nur ein Jahr TÜV?

Das war ein alter Stempel.

Auf einem alten Kennzeichen.

Natürlich, das waren geklaute Nummernschilder.

Der Dieb hätte nicht irgendwelche Schilder stehlen dürfen. Sondern welche mit aktuellerem Stempel.

Es konnte also durchaus Sinas Wagen sein, der *Am Hennsee* stand. Aber wer hatte den Wagen am Park mitgehen lassen? Eigentlich kam da nur jemand in Frage, der ihn und Nowitzky am Heinrich-Kraft-Park beobachtet hatte. Zufallsgäste gab es dort um diese Zeit nicht.

Was aber bedeutete das?

Gegen halb zehn gönnte sich der Musiker eine kleine Auszeit. Karlos neuer Kumpel hatte einen Lacherfolg beim Publikum erzielt, als er verkündete, er mache jetzt eine kleine „Pinky-Pause".

Karlo hatte die Unterbrechung genutzt und Pinky seiner Lebensgefährtin vorgestellt. Danach hatte der Musiker den Gastraum verlassen und lehnte am Hoftor, eine Zigarette im Mundwinkel.

Während der Pause hatten einige Gäste die Fenster geöffnet, um etwas frische Luft hereinzulassen. Karlo stand nachdenklich am Fenster und beobachtete Pinky beim Rauchen. Entschlossen drehte er sich um und bahnte sich einen Weg durchs Publikum zur Bühne.

Er warf einen Blick zurück in die Gaststätte. Pinky war immer noch draußen. Über der Lehne des Barhockers hing seine Jeansjacke. Karlo griff in die Innentasche.

Als er die Hand wieder herauszog, baumelte ein Autoschlüssel zwischen Daumen und Zeigefinger.

Der Schlüssel eines Skodas.

... *wie ein heiserer Bernhardiner*, dachte Karlo zum zweiten Mal an diesem Abend.

Ohne old *Satchmos* großen Hit wäre Karlo niemals auf diese Idee gekommen. Pinky war ein absoluter Stimmvirtuose. Es war ihm ein Leichtes gewesen, am Telefon seine Stimme derart zu verstellen, dass Karlo niemals auf den Gedanken kommen konnte, Pinky sei der Anrufer, der ihn mit dem Video zu erpressen versuchte.

Konnte das wirklich wahr sein?

Pinky? Sein neuer Kumpel?

Der geniale Musiker?

Karlo schob seine Enttäuschung beiseite und wurde stattdessen zornig. Er drängelte sich durch die Menschenmenge zurück zum Tisch, den Schlüssel in der Hand. Reichard war am Erzählen.

„... zur Adoption freigegeben“, hörte Karlo und wusste

sofort, um wen sich die Unterhaltung drehte. „Die Familie, die ihn aufgenommen hat, heißt ..."

„... *Heydel*", fiel Karlo Reichard wütend ins Wort. Seine Stimme überschlug sich fast. „*Louis P. Heydel*, wobei das *P* wahrscheinlich für *Pinkus* steht – deshalb also Pinky. Er ist der Sohn des Barons."

Karlo beschrieb eine kurze Kunstpause. „Und er ist auch der Mann, der die ganze Zeit versucht, mich zu erpressen", fuhr er dann fort. „Ich glaube, sein Konzert ist für längere Zeit vorbei."

Am runden Tisch sah man nur noch betroffene Gesichter. Keiner wollte so recht glauben, was er hörte. Doch Karlo war noch nicht fertig.

„Außerdem denke ich, dass er es war, der seinen Vater, den *Baron*, erschossen hat."

„Wieso denken Sie das?" Gehring runzelte die Stirn.

„Ich habe Ihnen doch erzählt, dass ich mit der ehemaligen Nachbarin des Barons gesprochen habe."

„Ja, stimmt. Und?"

„Wenn sie mir die Wahrheit gesagt hat, hat der Baron eine große Summe geerbt. Deshalb wollte er auch aus seiner alten Wohnung ausziehen. Angeblich hat er sich irgendwo ein Schlösschen gekauft. Sagt jedenfalls die Nachbarin. Wenn ich jetzt voraussetze, dass es keine weiteren Nachkommen gibt, könnte sein Sohn Pinky, der scheinbar notorisch pleite ist, durchaus auf dumme Gedanken gekommen sein."

„Sie glauben also tatsächlich, er hat seinen Vater erschossen?"

„Irgendjemand muss es getan haben. Und ich war es bestimmt nicht."

Karlo bekam einen gehörigen Schreck, als er neben sich eine heftige Bewegung spürte.

Pinky!

Hatte er die ganze Zeit gelauscht?

„Du bist wohl ein ganz besonders Schlauer?“ Pinkys Gesicht war verzerrt. „Aber ihr kriegt mich nicht. Nicht ohne Verluste.“

Er packte Jeannette mit der Linken in die langen blonden Haare. Dann schob er seinen abgewetzten Pullover hoch und zog eine Pistole aus dem Hosenbund. „Aufstehen, Püppchen, aber flott“, herrschte er sie an und hielt ihr die Waffe an den Kopf.

Dann schaute er Karlo an. „Und du holst meine Jacke und die Klampfe. Aber flott. Die Musik spielt jetzt woanders. Das Konzert wird verlegt.“

„Und wenn ich das nicht mache?“

„Dann hat dein Schätzchen ein hässliches Loch in seinem hübschen Kopf. Willst du das?“

Die ersten Gäste hatten mitbekommen, dass hier etwas gefährlich aus dem Ruder lief, doch keiner konnte sich erklären, warum der geniale Musiker plötzlich mit einer Waffe hantierte.

Pinky hatte den Eindruck, er müsse handeln, bevor eine Panik ausbrach.

„Ganz ruhig“, rief er in die Menge. „Bitte bleiben Sie ganz ruhig. Es wird niemandem etwas passieren, wenn alle mitspielen. Wenn jemand versucht, die Polizei zu rufen, stirbt die Frau. Also lassen Sie Ihre Handys stecken. Und stellen Sie Ihre Gespräche ein. Ich möchte, dass es mucksmäuschenstill ist hier drin.“

Die Unterhaltungen verstummten tatsächlich. „So, Kölner. Den Schlüssel hast du ja schon. Du wirst jetzt den Wagen holen, der ...“

„... steht am Hennsee. Ich hab ihn vorhin schon gesehen. Habe es nur nicht gleich verstanden. Aber du hast einen Fehler gemacht mit den Nummernschildern.“

„Ist doch jetzt völlig egal, sieh zu, dass du das Auto herschaffst. Und lass die Bullen aus dem Spiel. Mir kommt es nicht mehr drauf an.“

„Nachdem du deinen Vater erschossen hast?“

„Woher weißt du das?“

Karlo ging nicht darauf ein „Ist doch egal. Was du gemacht hast, war eh für die Katz.“

„Was soll das heißen?“

„Erstens wirst du nichts erben. Ein Mörder erbt nicht von seinem Opfer.“

„Ach, ist das so?“, kam es spöttisch zurück.

„Und selbst, wenn du ihn nicht erschossen hättest, würdest du nichts kriegen.“

„Wieso nicht?“

„Weil du als Kind adoptiert wurdest. Damit erlöschen deine alten Verwandtschaftsverhältnisse. Deshalb fällst du auch aus der Erbfolge deiner ehemaligen Familie raus.“

Pinkys Gesicht verzog sich zu einer Fratze. „Hol jetzt endlich das Auto, Kölner, sonst kannst du dein Mäuschen verbuddeln lassen. Wirf die Gitarre und die Jacke in den Kofferraum. Stell die Kiste vor das Tor und lass den Motor laufen. Und ich sag's nochmal: Keine Bullen!“

„Alles klar, Pinky“, versuchte Karlo ihn zu beruhigen. „Ich hab's kapiert. Keine Bullen.“ Er schaute Jeannette an. „Mach dir keine Sorgen, bleib ganz ruhig. Ich bin gleich wieder da.“

Dann blickte er in die Runde. „Also, Leute, ihr habt es gehört. Ruhig bleiben, Finger von den Handys und vor allem: keine Heldentaten. Er hat schon jemanden getötet. Es wird ihm wirklich nicht darauf ankommen, noch jemanden zu erledigen."

Im Laufschritt hetzte er zu Sinas Skoda, warf Pinkys Habseligkeiten in den Kofferraum, riss die Tür auf und ließ sich auf den Fahrersitz fallen. Er startete den Motor, legte den ersten Gang ein und fuhr mit quietschenden Reifen los.

Vor dem Tor der *Bluesmühle* hielt er an, legte den Leerlauf ein und zog die Handbremse an. Als er in den Hof vor der Gaststätte trat, öffnete sich die äußere Gaststättentür. Zuerst sah er Jeannettes leuchtend blonde Haare. Pinky hatte sich immer noch in ihrem Haarschopf verkrallt und stand dicht hinter ihr. Die Pistole hielt er an ihre Schläfe gedrückt. Jeannettes Hände waren auf den Rücken gebunden.

„Mach die Beifahrertür auf", tönte es Karlo entgegen. Pinky näherte sich langsam und schob seine Geisel dabei vor sich her.

„Jeannette bleibt hier. Du glaubst doch nicht, ich lasse es zu, dass du sie mitnimmst? Du bist wohl verrückt geworden." Karlo ging aufs Ganze. Wenn Pinky die Pistole hinter dem Fahrersitz gefunden und eingesteckt hatte, bestand die Chance, dass sie immer noch nicht geladen war. Beim Treffen mit Nowitzky am Park hatte er zumindest die Patronen entfernt.

Langsam näherte er sich dem Geiselnehmer.

„Keinen Schritt näher. Sonst ist sie tot!"

Karlo ging weiter.

Einen Schritt. Und noch einen.

Er schaute Pinky ins Gesicht. „Gar nichts wirst du tun“, befand er leise, „und weißt du auch, warum?“

Pinky fühlte förmlich, wie sich Karlos Körper spannte. Er verlor die Nerven. Mit weit aufgerissenen Augen starrte er Karlo an, riss die Waffe hoch und zielte auf ihn.

Bruchteile einer Sekunde später krachte ein Schuss.

–

Conny Katzenbach hatte sich bei den Gästen Gehör verschafft, und die meisten Gespräche waren verstummt. Sie hielt ihren Dienstausweis in die Höhe.

„Mein Name ist Katzenbach. Ich bin von der Polizei. Der Herr neben mir heißt Reichard und ist ein Kollege. Wir werden jetzt rausgehen und uns ein Bild von der Lage machen. Bitte verhalten Sie sich ganz ruhig. Bleiben Sie bitte von den Fenstern weg. Gehen Sie nicht an die Tür, verlassen Sie nicht die Gaststätte ...“

„... gehe in das Gefängnis. Begib Dich direkt dorthin. Gehe nicht über Los. Ziehe nicht 4000 Euro ein“, gluckste ein aufgeschwemmter Trinker und schaute beifallheischend in die Menge. Drei, vier Blödmänner kicherten leise mit.

Mit einem Schritt war die Katzenbach bei ihm. Ansatzlos schlug sie dem betrunkenen Schwamm die flache Hand mit voller Wucht ins teigige Gesicht. Er verlor das Gleichgewicht, prallte rückwärts an die Theke, klammerte sich fest, sah auf und starrte die Kommissarin verdutzt an.

„Noch jemand witzig? Dann aber schnell, wir müssen unsere Arbeit machen.“

Nun hätte man tatsächlich eine Stecknadel fallen hören.

Conny Katzenbach und Harald Reichard traten durch die innere Kneipentür in den kleinen Vorraum vor der Außentreppe. Die Kommissarin griff unter die Jacke und zog ihre Dienstwaffe aus dem Halfter. Reichard schaute verblüfft.

„Du hast deine Waffe dabei? Das ist aber ..."

„Schon gut. Die Vorschriften sind mir bekannt. Ich brauche keine Belehrungen. Hast du eine bessere Idee? Wenn wir jetzt die Kollegen rufen, ist der Kerl über alle Berge, bis die hier ankommen."

„Okay, du hast recht. Aber sag mir bitte eins: Wieso hast du die Waffe überhaupt dabei?"

„Sagen wir mal so: Ich hatte eine starke Vermutung, dass Herr Kölner mal wieder in der Klemme steckt. Ich wollte bloß auf Nummer sicher gehen. Hatte wohl recht gehabt, oder? Und jetzt leise. Ich gehe vorsichtig runter. Du bleibst auf der Treppe. Wenn was klemmt, rufst du Verstärkung."

Die Kommissarin drückte sich verstohlen aus der Tür, duckte sich unter das gemauerte Geländer und stieg die Außentreppe hinunter.

Im Hof angekommen huschte sie nach links, um dem Licht der Straßenlaterne zu entkommen und verschwand in der Dunkelheit des hölzernen Unterstands, der sich an der linken Hofmauer befand.

Die Pistole im Anschlag schlich sich die Kommissarin näher zum Hoftor.

„Keinen Schritt näher. Sonst ist sie tot!"

Conny Katzenbach zuckte zusammen. Hatte er sie gesehen? Nein. Er hatte wohl Karlo gemeint. Doch was machte dieser Verrückte? Er ging einfach weiter auf den Geiselnehmer zu. Das konnte doch nicht wahr sein! Er gefährdete das

Leben seiner Freundin. Dieser Pinky würde nicht lange fackeln, da war sie sicher.

„Gar nichts wirst du tun", hörte sie Karlo sagen, „und weißt du auch, warum?"

Die Worte waren kaum ausgesprochen, da riss Pinky die Pistole hoch und zielte auf Karlo. Dabei trat er einen kleinen Schritt neben seine Geisel.

Conny Katzenbach drückte den Abzug durch.

Den Schuss hatte Karlo zuerst überhaupt nicht registriert. Er nahm nur wahr, wie Pinky nach rechts gerissen wurde und zu Boden stürzte.

„Jeannette. Schnell. Rein in die Kneipe. Ich komme gleich nach." Er gab ihr einen Klaps auf den Rücken, und seine Freundin setzte sich wie eine Traumwandlerin in Bewegung.

Conny Katzenbach war aus dem Unterstand hervorgetreten, die Waffe immer noch im Anschlag. Karlo kniete schon neben Pinky und hatte dessen Waffe gesichert.

„Geben Sie mir die Waffe, Herr Kölner." Harald Reichard war ebenfalls näher gekommen und streckte die Hand nach der Pistole aus. Karlo händigte sie ihm aus.

„Was haben Sie sich eigentlich dabei gedacht, Karlo", schimpfte die Kommissarin. „Sie haben Ihr Leben und das Ihrer Freundin leichtfertig aufs Spiel gesetzt. Denken Sie, Sie sind kugelsicher?"

„Nein, tu ich nicht. Aber ich denke, Pinkys Pistole ist nicht geladen."

„Woher wollen Sie das wissen?"

„Ich habe sie selbst entladen." In aller Hast begründete er seine Annahme mit einer Kurzversion der Ereignisse im Waldpark.

Reichard zog das Magazin aus der Pistole. „Da muss ich Sie leider enttäuschen, Herr Kölner.“ Er streckte das Magazin in die Luft. „Das Ding ist geladen.“

Karlo schluckte schwer. Dann wurde er blass, sein Kreislauf drohte zu versagen. „Einen Moment“, krächzte er, wankte zum Skoda, öffnete die hintere Tür auf der Straßenseite und tastete auf dem Boden hinter dem Fahrersitz herum.

Als er zurück auf den Hof ging, hielt er eine weitere Waffe in der Hand.

„Der Trend geht eindeutig zur Zweitwaffe“, presste er mühsam hervor.

Was als Scherz gemeint war, klang wie ein Satz aus einer Grabrede. Er guckte die Katzenbach anerkennend an. „Er hat die Pistole vom Park gar nicht im Auto gefunden, wie ich gedacht hatte. Er hatte noch eine andere. Frau Kommissarin – Sie haben uns wahrscheinlich das Leben gerettet.“

„Ich überlege gerade, ob Ihr Leben das Diziplinarverfahren wert ist, das ich wahrscheinlich an den Hals bekomme“, befand Conny Katzenbach ein wenig säuerlich.

„Disziplinarverfahren?“

„Das Führen und der Gebrauch der Dienstwaffe außerhalb der Einsatzzeit wird bei uns nicht gerne gesehen.“

Reichard kniete mittlerweile neben dem reglosen Pinky. „Glatter Schulterdurchschuss. Respekt, Kollegin, das war Präzisionsarbeit. Ich rufe einen Krankenwagen. Und die Kollegen ...“

„Ach, Conny“, druckste Karlo plötzlich, „wegen der Sache mit der ungeladenen Waffe ...“

„Ja, was ist damit?“

„Bitte, tun Sie mir einen Gefallen: Sagen Sie das bloß nicht Jeannette. Versprechen Sie mir das?“

Freitag, 5. Mai
Frankfurt-Oberrad

Schluss

Eine Woche war inzwischen vergangen. Karlo hatte seine verrückte Geschichte zu Protokoll gegeben, wobei er die Beamten über die temporäre Auslagerung des Barons mitsamt der Gefriertruhe im Dunkeln gelassen hatte. Genauer gesagt: Er hatte es verschwiegen. Auch die anderen Beteiligten hatten sich nicht bemüßigt gesehen, die Fahrt in die Rhön zu erwähnen.

Über die Truhe in des Barons ehemaliger Wohnung hatte man dagegen reden müssen. Dies war allerdings anonym geschehen. Karlo hatte über den Notruf der Polizei ohne Nennung seines Namens auf die Leiche Johannes Ferdinand Pinkus von der Hatz aufmerksam gemacht.

Nachdem die Rechtsmedizin zwei Kugeln aus dem Baron entfernt hatte, war die Abteilung 6 vom LKA in Wiesbaden – die Kriminaltechnik – zur Überzeugung gelangt, dass die Geschosse zu hundert Prozent aus Pinkys Waffe stammten. Karlos Vermutung, dass Pinky seinen Vater erschossen hatte, war also richtig gewesen. Außerdem hatte er gemeinsam mit Meininger die illegalen Wetten geplant, durchgeführt und Karlo und Nowitzky dazu erpresst, Teil der Wette zu werden. Ohne dass die beiden davon ahnten. Für Meininger war es zudem eine Vergeltung dafür, dass Nowitzky mit seiner Frau geschlafen hatte.

Die Personen, die an den Wetten teilgenommen hatten, konnten nicht ermittelt werden. Das Geld, das sie unter einem Decknamen eingesetzt hatten, war für sie allerdings verloren. Keiner von ihnen würde Stunt darauf verklagen, es zurückzuerstatten.

Vico Meininger selbst war ebenfalls verhaftet worden und sah einer Verhandlung wegen illegaler Wettgeschäfte, Körperverletzung, Anstiftung zum Mord und Freiheitsberaubung entgegen.

Die Dämmerung brach allmählich herein, und damit wurde es kühler. Die kleine Gruppe von Leuten hatte sich ins Clubhaus zurückgezogen. Georg Gehring, Conny Katzenbach, Harald Reichard, Wolfhard Kuhl und natürlich Karlo Kölner und Jeannette hatten sich auf dem Gelände des Motorradclubs getroffen, um die turbulenten Ereignisse bei einem kleinen Grillfest abzuschließen.

Jeannette hatte ausdrücklich darauf bestanden, dass die Kommissarin dabeisein sollte.

„Sie sind wirklich eine taffe Frau“, hatte sie bei der Begrüßung gesagt und war ihr um den Hals gefallen. „Ich möchte mir gar nicht vorstellen, was ohne Sie passiert wäre. Dieser Pinky hätte meinen Karlo glatt erschossen, wenn Sie nicht eingegriffen hätten.“

„Sie müssen gehörig Angst gehabt haben“, vermutete die Kommissarin ernst. „Er hätte auch Sie erschießen können.“

„Angst hatte ich natürlich. Aber er brauchte doch eine Geisel. Tot hätte ich ihm nichts genützt. Aber man weiß ja nie. Haben Sie eigentlich Ärger bekommen?“

„Kann ich nicht sagen, die Sache läuft noch. Der Kommissariatsleiter meinte zwar, er selbst würde es gerne bei einer mündlichen Rüge belassen, aber wir mussten letzten Freitag ja die Kollegen dazuholen, wegen der Vorschriften. Und deswegen steht eben jetzt alles haarklein im Bericht. Momentan läuft eine diziplinarische Vorermittlung. Danach sehen wir weiter. Aber der Chef wird sich bestimmt für mich einsetzen."

Eine gute Stunde später war Conny Katzenbach die Erste, die sich verabschiedete. Sie war dieses Mal getrennt von Harald Reichard erschienen, was Jeannettes Wissbegierde schürte.

Nachdem die Kommissarin gegangen war, hatte Jeannette ihre Neugierde nicht mehr im Griff. Als Reichard das Clubhaus verließ, um zur Toilette zu gehen, wartete sie vor der Tür auf ihn. Der Kommissar schaute sie verwundert an, als sie ihn ansprach.

„Sie müssen verzeihen, Herr Reichard", begann sie verschämt. „Kann ich Sie etwas Privates fragen?"

„Warum nicht? Versuchen Sie es einfach."

„Was ist das eigentlich zwischen Ihnen und Conny Katzenbach? Sind Sie ... ich meine, haben Sie ..."

Reichard lachte laut auf. „Sie meinen ...? Ha, ha, aber nein, Frau Müller. Ganz sicher nicht. Conny ist die Tochter meiner Schwester, also meine Nichte."

Jeannette lief knallrot an. „Oh", hauchte sie fast unhörbar. „Tut mir leid, das wusste ich nicht."

„Das weiß eigentlich keiner. Georg hat es auch erst letzte Woche erfahren. Conny wollte das so. Sie wollte allen Spekulationen über Karrierevorteile vorbeugen."

„Ich verstehe. Eine wirklich taffe Frau", wiederholte sie. Und die alte Eifersucht flammte auf.

Reichard betrat wieder das Vereinsheim. Jeannette blieb grübelnd zurück.

Die Katzenbach. Dieses Flintenweib. Bestimmt war sie hinter Karlo her, da würde sie jede Wette abschließen.

Wette?

Nein!

Bitte keine Wetten mehr.

Heute würde sie sich zurückhalten.

Heute würde sie Karlo den Abend nicht verderben.

Sie schlüpfte in die Hütte, ging zum Kühlschrank, öffnete ein neues Bier, stellte es Karlo vor die Nase und drückte ihm einen kräftigen Kuss auf die Wange.

Und Karlo strahlte.

Auf ein Wort:

Wenn es eine Wette gäbe, bei der man darauf setzen kann, dass die vorliegende Handlung frei erfunden ist, dass Namen und Personen ausgedacht sind, und Plätze, Straßen, Orte sowie Institutionen nur als Hintergrund für eine verrückte Geschichte dienen – dann sollten Sie darauf setzen. Sie können dabei keinesfalls verlieren.

Auch die *Schiffschaukel* ist eine erfundene Kneipe, gehen Sie also nicht ins Frankfurter Bahnhofsviertel, um sie zu suchen. Sie wäre sowieso geschlossen, da „Stunt" Vico Meininger zur Zeit im Gefängnis schmort.

Sollte es sie trotzdem an diesen Ort der Handlung ziehen, etwa um verflossener Ganovenromantik nachzuspüren, passen Sie gut auf sich auf.

Dasselbe rät Ihnen mein guter Freund, Kriminaldirektor Fred Bauer, der mich auch dieses Mal vor den schlimmsten Fehlern und Fehleinschätzungen bezüglich der unverzichtbaren und bewährten Arbeit seiner vielen Kollegen bewahrte.

Die ebenso unverzichtbare und bewährte Arbeit meiner netten Lektorin Stefanie Reimann möchte ich hiermit ebenfalls wieder gebührend würdigen. Karlos Logik wie auch seine grammatikalischen Fähigkeiten werden schon viele Jahre von ihr liebevoll gepflegt.

Wenn ich gezwungen wäre, auf eine Person zu wetten, würde ich ohne zu zögern meine Lebensgefährtin Silvia wählen. Und natürlich auf ihre Fähigkeit, mir in der heißen Phase des Schreibens ganz selbstverständlich den Rücken zu stärken – und auch noch gute Ideen beizutragen.

Frau Lioba Vogler vom Standesamt in Hofbieber sei ebenso als überaus nette und freundliche Beraterin erwähnt. Sie hat im Übrigen kraft ihres Amtes dazu beigetragen, dass meine Freundin Silvia mittlerweile meine Frau geworden ist.

Gefallen Ihnen die Illustrationen auf dem Titel meiner Krimis? Das freut mich sehr. Danken Sie dafür, wie ich auch, dem großen Künstler Sergej Kasakow, der mittlerweile ein guter Freund geworden ist, für sein Können und seine Inspiration.

Auch mein Freund Marc Flößner von der Weinhandlung Vinum in der Fuldaer Königstraße war während der Entstehung des neuen Bandes wieder mit von der Partie: Er empfahl Paul Perlig den tollen Wein von Seite 40. Diesen interessanten Tropfen können Sie bei der einen oder anderen Lesung gerne verkosten.

Er wird Ihnen schmecken.

Jede Wette!

Der Autor

Karlo Kölners vierter Fall:

Karlo und das große Geld

Ein Bankraub vor sieben Jahren, ein entwendeter Leichenwagen und ein Toter neben dem Geldversteck beschäftigen Hauptkommissar Georg Gehring. Plötzlich verschwindet seine Frau. Karlo Kölner übernimmt einen heiklen Auftrag und gerät in eine böse Klemme.

ISBN: 978-3-9812188-4-8 · Taschenbuch, 208 Seiten · 9,95 Euro

Karlo Kölners fünfter Fall:

Karlo geht von Bord

Der Gewinn eines Krimi-Dinners für vier Personen führt Karlo Kölner, seine Lebensgefährtin Jeannette und zwei Freunde aus der Rhön auf ein Personenschiff der Frankfurter Secundus-Linie. Die nächtliche Veranstaltung auf dem Main gestaltet sich allerdings krimineller als beabsichtigt. Eine Leiche taucht auf, Karlo taucht unter, und ein Mann geht über Bord. Doch nicht nur auf dem Main ist der Teufel los: Ein verkrachter Kaufhausdetektiv will Karlos Freundin an die Wäsche, ein teurer Wein bringt Jeannette in böse Schwierigkeiten, und Hauptkommissar Gehring verliert die Lust an seinem Beruf. Außerdem beweisen die Streifenpolizisten Dietmar Hund und Manfred Haffmann einmal mehr ihr Geschick für's Ungeschick.

ISBN: 978-3-9812188-5-5 · Taschenbuch, 208 Seiten · 10,95 Euro

Karlo Kölners sechster Fall:

Geschenke für den Kommissar

Ein toter Jogger liegt an einem Waldsee in Bischofsheim. Kurz darauf schießt jemand auf einen Hausbesitzer. Ex-Hauptkommissar Gehring bekommt rätselhafte Geschenkpakete, eine Gartenhütte brennt lichterloh, und eine Serie von Wohnungseinbrüchen hält den Frankfurter Osten in Atem.

Karlo Kölner, in dessen Beziehung es wieder einmal gewaltig knirscht, kommt nicht nur mehreren Geheimnissen auf die Spur, sondern gerät auch noch in Lebensgefahr.

ISBN: 978-3-9812188-7-9 · Taschenbuch, 208 Seiten · 10,95 Euro

Karlo Kölners siebter Fall:

Liebe, Tod und Apfelsekt

Eine liebestolle ältere Dame macht Starfriseur Belmondo den Hof. Kurz darauf findet Karlo Kölner ihre Leiche. Mysteriöse Äpfel, ein silbernes Medaillon und eine Flasche Apfelsekt geben Kommissar Reichard und seinem neuen Chef Schönhals Rätsel auf. Doch auch Georg Gehring, frischgebackener Privatdetektiv, beginnt zu ermitteln.

Da geht Karlos Freundin Jeannette einem Autoschwindler auf den Leim. Nun wird auch Karlo Kölner aktiv. Bald glaubt er, auf Zusammenhänge zwischen den Ereignissen gestoßen zu sein, und es wird brandgefährlich.

ISBN: 978-3-9812188-8-6 · Taschenbuch, 208 Seiten · 10,95 Euro

Karlo Kölners achter Fall:

Miezen, Mord und Malerei

Ein nackter Mann irrt mit einem Revolver in der Hand durch die Rhön. Von Erinnerungslücken geplagt, führen seine verzweifelten Bemühungen, der misslichen Situation zu entkommen, zu einem Fiasko.

Zur gleichen Zeit stolpert Karlo Kölner in Frankfurt über einen toten Bordellbetreiber, ein mysteriöses Ölgemälde verschwindet, und ein ehemaliger Spieler der Eintracht wird vermisst.

Als Karlo ahnt, um was es geht, macht er der Polizei einen kuriosen Vorschlag ...

ISBN: 978-3-9817124-2-1 · Taschenbuch, 208 Seiten · 10,95 Euro

Karlo Kölners neunter Fall:

Lottoglück für eine Leiche

Ein grausiger Fund in der Wohnung eines Bekannten beschäftigt Zufallsdetektiv Karlo Kölner – und die Frankfurter Polizei. Ein Lottoschein kommt abhanden, sorgt für Verwirrung und weckt Begehrlichkeiten. Überdies muss sich Karlo mit einem Mordversuch an seinem alten Zellengenossen Lotto-Otto herumschlagen.

Als dann Kommissar Reichards Frau Roberta verschwindet, führt die Spur in die Rhön. Karlo mietet sich mit Freundin Jeannette in einem Hotel in Ehrenberg-Seiferts ein und freut sich insgeheim auf beschauliche Ermittlungen mit Urlaubsfeeling. Doch es kommt anders ...

ISBN: 978-3-9817124-4-5 · Taschenbuch, 208 Seiten · 10,95 Euro

Karlo Kölners zehnter Fall:

Kalte Liebe, heißer Tod

Fastnacht ist gerade vorbei, in der Rhön werden die traditionellen Hutzelfeuer entfacht. Da sorgt eine verkohlte Leiche für helle Aufregung.

Derweil vermisst in Frankfurt eine junge Frau ihren Verlobten.

Nach einem Streit mit seiner Freundin Jeannette knattert Karlo Kölner in eiskalter Winternacht auf seinem alten Motorradgespann nach Hofbieber in der Rhön. Kaum angekommen, stößt er auf einen Unfallwagen mit Offenbacher Kennzeichen, in dem der Vermisste gesessen haben soll.

Als ein zweiter Mann verschwindet, glaubt Karlo nicht an Zufall. Er beginnt gemeinsam mit Privatdetektiv Georg Gehring zu ermitteln und gerät in einen Konflikt. Verstrickt er sich dabei selbst in kriminelle Machenschaften?

ISBN: 978-3-9817124-6-9 · Taschenbuch, 208 Seiten · 10,95 Euro

Karlo Kölners elfter Fall:

Killerküsse und Karossen

Eine gewissenlose Bande von Trickbetrügern erleichtert einen alten Herrn um viel Geld. Hat der aalglatte Kredithai Ivo Schlotzky seine Finger im Spiel? Als Privatdetektiv Georg Gehring von dem verzweifelten Rentner um Hilfe gebeten wird, greift auch Karlo Kölner ein.

Urplötzlich versetzt ein Erpresserbrief an einen Supermarkt die Bevölkerung in Angst und Schrecken, und präparierte Lebensmittel gefährden die Kunden.

Nicht viel später findet Karlo einen vergifteten Stadtstreicher auf der Mainpromenade. Als er von zwei Streifenpolizisten neben dem reglosen Mann angetroffen wird, beginnen die Probleme erst richtig.

ISBN: 978-3-9817124-8-3 · Taschenbuch, 208 Seiten · 12,00 Euro

Alle Bände auch als eBook erhältlich!